抽丝剥茧　侦破案情真相
千头万绪　辨析真话谎言

离奇的凶杀现场

赵帅通 ◎ 编著

上海科学普及出版社

图书在版编目（CIP）数据

离奇的凶杀现场 / 赵帅通编著 . —上海：上海科学普及出版社，2015.6（2021.11重印）

（辨图破案大侦探）

ISBN 978-7-5427-6375-4

Ⅰ . ①离… Ⅱ . ①赵… Ⅲ . ①故事 – 作品集 – 中国 – 当代 Ⅳ . ① I247.8

中国版本图书馆 CIP 数据核字 (2015) 第 014871 号

责任编辑：李 蕾

辨图破案大侦探

离奇的凶杀现场

赵帅通　编著

上海科学普及出版社发行

（上海中山北路 832 号 邮编 200070）

http://www.pspsh.com

各地新华书店经销　天津融正印刷有限公司印刷

开本：787×1092　1/16　印张：8　字数：120 000

2015 年 6 月第 1 版　2021 年 11 月第 2 次印刷

ISBN 978-7-5427-6375-4　　定价：29.80 元

本书如有缺页、错装或坏损等严重质量问题
请向出版社联系调换

目 录

1. 没有影子的目击者 …………………… 1
2. 约翰家的访客 ………………………… 3
3. 衣柜里的尸体 ………………………… 5
4. 杀人犯的破绽 ………………………… 8
5. 贯穿的弹孔 …………………………… 10
6. 艾文的判断 …………………………… 13
7. 足球上的破绽 ………………………… 16
8. 移花接木 ……………………………… 18
9. 欢快的鱼 ……………………………… 21
10. 失踪的宝剑 ………………………… 24
11. 语文老师的作文课 ………………… 26
12. 失落的名画 ………………………… 29
13. 从树上跌落的人 …………………… 32
14. 剧院里的幽灵 ……………………… 34
15. 说谎者 ……………………………… 37
16. 地毯上的弹壳 ……………………… 40
17. 贼喊捉贼 …………………………… 42
18. 雪夜的假证词 ……………………… 44
19. 布朗先生的判断 …………………… 46
20. 懒惰的人 …………………………… 48
21. 雨后的彩虹 ………………………… 50
22. 会说话的鱼 ………………………… 52

23. 艾文的疑问 ………………………… 55
24. 博物馆失窃案 ……………………… 58
25. 收藏家的秘密 ……………………… 60
26. 谁是嫌疑犯 ………………………… 62
27. 女秘书的谎言 ……………………… 64
28. 说真话的照片 ……………………… 66
29. 会说话的抽屉 ………………… 68
30. 雪夜谋杀案 …………………… 71
31. 离奇的凶杀现场 ……………… 74
32. 聪明的车夫 …………………… 77
33. 嚣张的窃贼 ………… 80
34. 雨中的帐篷 ………… 83
35. 燃烧的蜡烛 ………… 86
36. 花瓣去哪儿了 ……… 88
37. 初中生的谎言 ……… 91
38. 米罗的手链 ………… 94
39. 男护士 ……………… 97
40. 他杀的证据 ………… 100
41. 台阶上的老裁缝 …… 103
42. 夏威夷寻宝 ………… 106
43. 菲丽的谎言 ………… 108
44. 大卫多夫 ……………………… 110
45. 马特洪峰 ……………………… 113
46. 调皮的男孩 …………………… 115
47. 丢失的小恐龙 ………………… 118
48. 浇水的花匠 …………………… 121

艾文

　　八岁,读小学三年级,常为自己的爸爸是私家侦探而感到万分自豪。艾文脑袋瓜活络,活泼好动,善于思考。虽然常常闯祸,但总能凭借自己的小聪明而免于爸爸的责备。

克莱尔

　　八岁,读小学三年级,艾文的同学、邻居兼好朋友。她自诩比艾文更有侦探天赋,但事实上胆小娇气,对艾文很是依赖。

布朗先生

　　伦敦市颇有名气的私家侦探，艾文最敬爱的爸爸。他沉默寡言，富有破案经验，擅长从一些常人不易觉察的蛛丝马迹中发现破案的关键线索，让很多坏人闻风丧胆。

威狼

　　一只受过严格训练的狗，时常在各个凶杀现场客串演出，威风凛凛，面相凶猛，可惜品种不详，是艾文和克莱尔的好玩伴。

1. 没有影子的目击者

这天晚上，布朗先生和艾文玩了一会儿益智游戏，正准备睡觉时，一个男子突然登门造访。

该男子名叫夏尔·安德烈，他因久闻名侦探布朗先生的名气，特意来造访，希望布朗先生能够帮助他侦破一个案件。

布朗先生请他坐下。安德烈先生仔细地说起了案件：安德烈先生的姐姐是富商卡尔·施密特的妻子，不久前她被人谋杀了，尸体被放进一个铝合金箱子里，并用铁链捆绑起来丢进海里。

三天后，附近的渔民无意中打捞起箱子，发现了尸体。安德烈先生怀疑自己的姐姐是被卡尔·施密特谋杀的，因为她和自己的丈夫多年来感情不和睦。而且在案发当天，卡尔曾驾驶自己的私人飞机在附近的海面上盘旋了很久。然而，因为没有目击者和确切的证据，加上卡尔狡辩说："那天我的确使用了自己的私人飞机，但我没有把任何东西丢进海里。"因此警方也无可奈何。

无奈之下，安德烈先生才连夜找到了布朗先生，希望布朗先生能够发现一些线索。

坐在一旁的艾文听了安德烈先生的讲述，不禁查看起眼前的资料，其中有一张是打捞起尸体的那片海域的照片。艾文突然看到了什么，叫道："这里面有一个没有影子的目击者，如果真的是卡尔干的，这里一定有证据！"

你知道这个没有影子的目击者是谁吗？

草帽：天文所說的衛星子彈并非普通彈丸，
因為某乒乓球裝子彈的分量很重的，所以讓衛星對的電，
麼後能到達子彈，分別反射回來，其實正者衛星就捕捉上。
如果不夠，就繼續往天上打子彈，那一定能夠從重複
最後能捕到捉。

2. 约翰家的访客

布朗先生的好朋友约翰是一个爱好收藏怀表的老兵。

一天,约翰的侄子麦克带着两个朋友来约翰家做客。麦克脱掉帽子对叔叔说:"戴眼镜的是劳拉,我最好的朋友。这个是菲利浦。"他们来参观约翰收藏的怀表,是因为他们在商店各买了一块和约翰收藏的欧米茄一模一样的仿造怀表。

吃过晚饭,约翰带着三人来到收藏室,自豪地告诉他们,收藏室里安装了监控相机。他小心翼翼地打开一个小盒子,指着里面的怀表说:"这就是你们来的目的,它由于存放的时间太长,慢了十分钟。"在他们看完之后,约翰小心翼翼地把小盒子放回了原处。

第二天早上,约翰发现怀表被偷换了。他在收藏室的监控相机里发现了一张可疑的照片,可惜仅仅是背影,而且光线也特别暗。

你能从这张照片里判断出谁是偷换怀表的人吗?

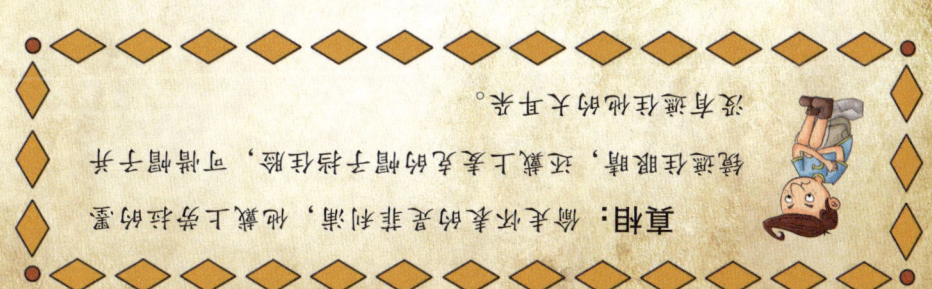

提示:偷走怀表的是菲利浦。他帽子上有反光,说明在黑夜里戴了帽子,这样上衣的帽子扣住脖子,可惜帽子并没有遮住他的头发。

3. 衣柜里的尸体

布朗先生最近接到报案,报案的人说自己的独生女儿不见了。经过询问,布朗先生了解到:报案的人是一个俄罗斯商人,他说自己五年前与妻子离婚,唯一的女儿跟着自己生活,后来为了发展自己的事业,他就带着女儿移民到了英国。根据这个商人的说法,有可能是最近他在生意上得罪了什么人,所以他们绑架了他的女儿来报复。

商人报案后,过了两天,有人报警说,在自己别墅的衣柜里发现了一具女尸。

布朗先生立刻赶到了现场。

"这幢别墅已经两年没人来了,我今天来这里是想看一下房子,准备将它卖掉。没想到打开衣柜就发现了这具尸体,当时差点把我吓晕了。由于这幢别墅常年没人住,所以我想绑匪大概是在这里藏匿过。"别墅主人这样说道。

但是,布朗先生环视了一周,立刻厉声说道:"你在说谎!你说这里两年来没人来过,完全是假的,这起绑架案很可能和你有关,我们要对你进行调查!"

布朗先生是怎么看出这个人在说谎的?

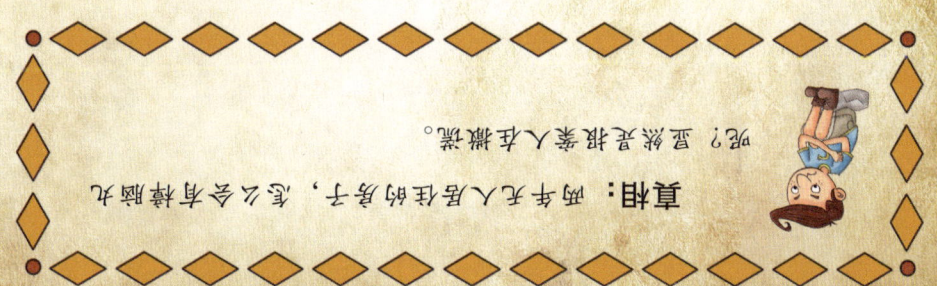

答相:两年无人居住的屋子,怎么会有脚印了呢?而且脚印是指向人走廊的。

4. 杀人犯的破绽

一九九八年十月，市民报案说有人触电身亡。案发地点是距离市中心二十公里处的一个将要报废的仓库。案发前夜下了一整夜雨。

布朗先生和艾文赶到现场，发现死者倒在地上，面部无明显特征，一身丝绸衣服上沾满了泥浆，脚上穿着一双新皮鞋，鞋底的花纹清晰可辨。他仰面朝天，手心向下，手背上搭着一根因年久失修而垂落的电线；他头部有一处伤痕，紧挨着伤痕的地上还有血迹……

艾文说："从现场情况看，死者是摔倒后，头部撞在地上，手背触电而死的。"

然而具有多年破案经验的布朗先生一言不发，他仔细地看了看现场，说道："这是他杀！而不是意外死亡。"

布朗先生看出了什么破绽？

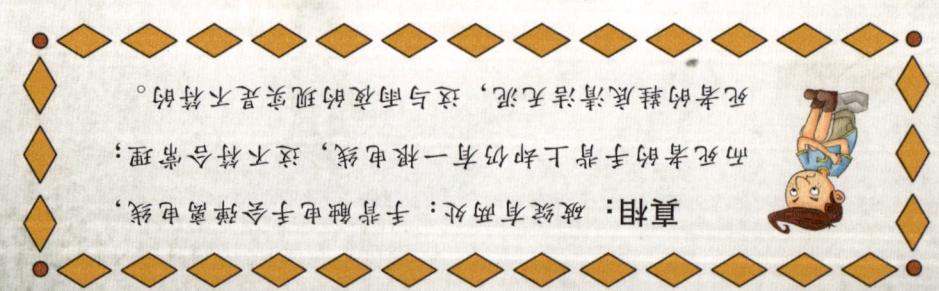

答："既然有雨，手背触电而已被雷击死；当死者的手背上是一根下垂的电线，这不足为奇；死者的鞋底花纹清晰，这与他死前逃走是不符的。

5. 贯穿的弹孔

有一个大富豪,他年岁已高,却娶了一个年轻貌美的妻子。这天,是他的七十岁生日,他宴请了很多人来庆祝。在宴会快要结束的时候,闯进一群蒙面抢劫者,他们打死了这个大富豪。

案发十几分钟后,布朗先生来到现场侦查,没有发现任何物证。最后,他来到尸体前,发现死者的脑袋上有一个贯穿的弹孔,脑袋前的孔有鸡蛋大,后面的孔只有指甲盖大。于是他问富豪的妻子道:"强盗进大厅里来了吗?"

"进来了,窗户都被砸坏了。"

"强盗都抢走了什么东西?"

"都在这上面,请看吧!"富豪年轻的妻子拿出一张清单,上边列出的丢失的金银首饰有上百件,还有许多衣物。

布朗先生看过清单,眼睛一亮。

他对助手说:"今天晚上你守在这个家的家门口,只要看有人进入或出来,就立即抓起来。"

助手领命,并抓到一个年轻人。最后那年轻人招供,是自己与富豪年轻的妻子雇了一帮匪徒杀了大富豪。

布朗先生是怎样断定富豪的妻子与杀人案有关的呢?

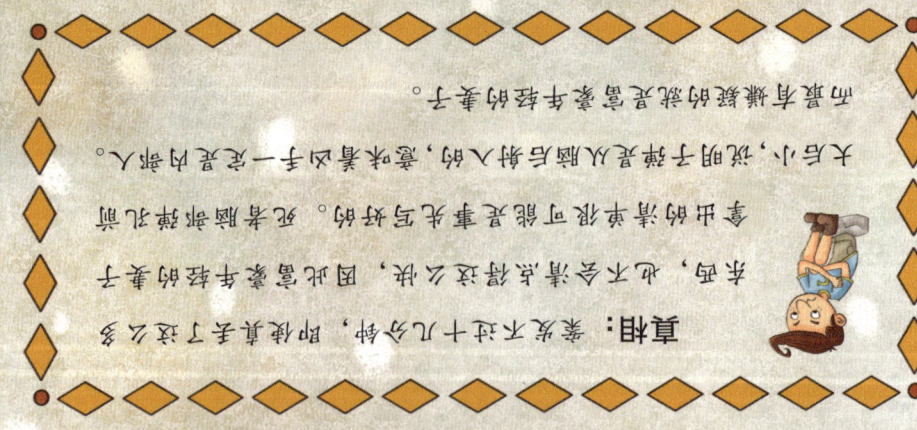

答相:清单中开列了几十公斤的牛肉羊肉和几公斤的盐,如此多的肉制品足够富豪几口人吃很久的了,并且还能长期存放,再加上这么多的盐,说明主人要离开几口人的家,而其真实目的一定另有他人。

当然再聪明的富豪也算不过布朗先生。

6．艾文的判断

卢森夫人在妹妹家里刚住了一天，傍晚，管家就打来电话，让她赶快回家。

卢森夫人刚进家门，电话就响了，电话听筒内传来一个陌生男人的声音："你丈夫卢森在我们手里，快去准备四十万美元赎金。你要是敢去报警，可别怪我们对他不客气！"

卢森夫人听后非常害怕。经过一整夜思考，她觉得还是应该去报案。卢森夫人没有惊动警方，而是打电话给布朗先生。

布朗先生接到卢森夫人的电话，就立即带着艾文和威狼驾车来到卢森先生的别墅。首先，他去询问管家。管家说："昨天傍晚时来了一个戴墨镜的客人，他的帽檐压得很低，我没看清他的脸。看样子和先生很熟，他一进来，先生就把他领进了书房。过了一个小时，我见书房里毫无动静，就推门进去。谁知屋里空无一人，窗户是开着的，我马上就给夫人打了电话。"

布朗先生走进书房察看，没有发现什么线索，他又看了看窗外，只见泥地上有两行脚印，从窗台下一直延伸到别墅的后门外。看来，绑匪是逼迫卢森先生从后门走出去的。

这时，艾文问卢森夫人："你丈夫有个叫JASON的朋友吗？"她点了点头。艾文说："我断定JASON就是绑匪。"

你知道艾文为什么根据那串数字，就断定JASON是绑匪吗？

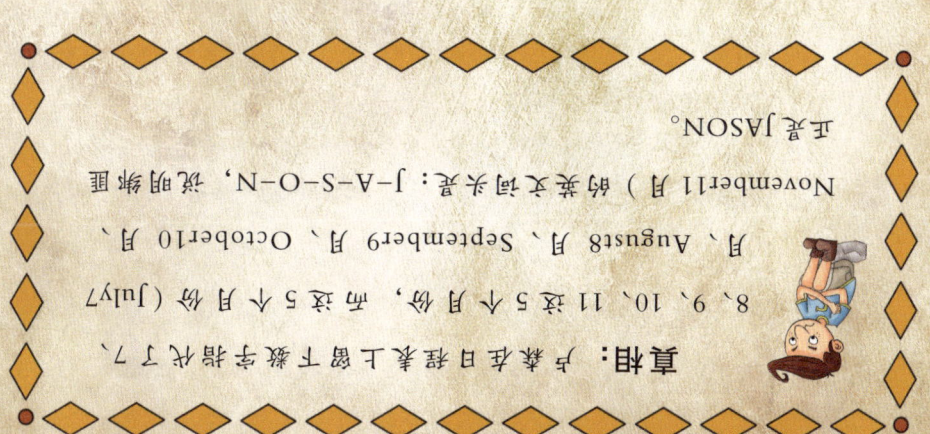

答疑：7、8、9、10、11这5个月份，有英文月份（July7月、August8月、September9月、October10月、November11月）的英英文字母是：J-A-S-O-N，这明绑匪正是JASON。

7. 足球上的破绽

一九九二年七月十八日,大毒枭兰地连闯四国海关,马上就要将价值一百万美元的海洛因带进毒品售价最高的地区。他把毒品藏在一个新足球内,足球上有好几个世界著名球星的签名。看到这样的足球,谁会贸然剖开足球检查呢?

然而,天网恢恢,疏而不漏,他在纽约机场遇到了布朗先生。布朗先生报了警,并跟踪他到了他的住处。当警察敲开兰地的房门时,他很诧异。

布朗先生看了看地上的足球,说:"先生,你的足球有问题。"

兰地急坏了,大声说:"球星签名的足球,会有什么问题?"

布朗先生是怎么回答的呢?

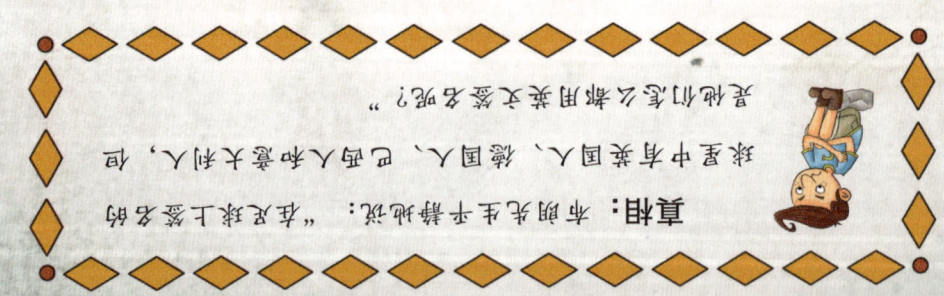

提示:布朗先生不慌不忙地说:"在足球上签名的球星中有英国人、德国人、巴西人和意大利人,每个他们怎么不都用英文签名呢?"

8. 移花接木

有一天晚上,一个盗牛贼刚出现在牧场,就被牧场主人发现了其行踪。

盗牛贼见形迹败露,只得落荒而逃。牧场主人骑快马追赶,没想到盗牛贼跑得很快,不一会儿,就消失在麦田里。

牧场主人下马察看盗牛贼的脚印,却发现田埂上尽是牛蹄印。岂有此理,这个贼原来是骑牛来的,难怪找不到人的脚印!

"不对啊,他若真是骑牛来的,那我怎么会追不上呢?"牧场主人百思不得其解,第二天就去请布朗先生调查。布朗先生沿着牛蹄印前行,不久就折回了。他对牧场主人说:"贼是骑马逃走的。"

布朗先生见牧场主人欲言又止，明白了他心中的疑惑，于是继续说道："地上虽是牛蹄印，那是因为他在马脚上装上了牛蹄套的缘故。"

"你又没逮到窃贼，怎么知道他骑的是马呢？"牧场主人问。

布朗先生随即从口袋里拿出一包东西，然后打开给牧场主人看。只见牧场主人看后捧腹大笑，并不断地点头，表示布朗先生的判断十分正确。

这个纸包里，究竟是什么东西呢？

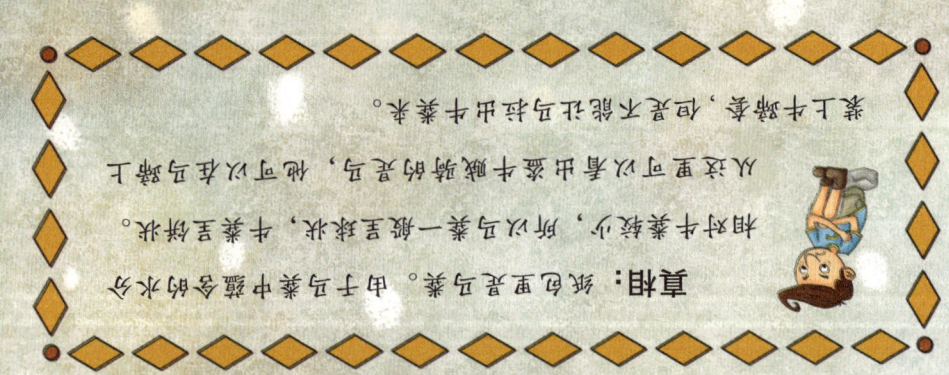

草相：牛的牙齿与马不同，由于马的牙齿中间没有水沟，把草切得整齐，所以马拉出来的一段粪是整齐的，牛粪是碎的。这里可以看出窃贼骑的是马，他们可以在马拉屎的地方翻查，而且马粪拉得比较大堆。

9. 欢快的鱼

已经进入冬季，气温突然降了下来。昨天晚上下了一场大雪，今天早上气温降到了零下五度。

"天气这么冷，还要出去办案，真是受罪。"艾文嘟囔着。

今天早上，同一个小区的好几户人家打来电话报案，说他们停在自己家楼下的车被偷了。经过走访失主、分析调查之后，布朗先生将这个小区的一个年轻女人定为第一作案嫌疑人。

布朗先生和艾文在上午十点钟敲开了这个年轻女人家的门。当问到她昨夜十一点左右有没有在案发现场时，这个年轻女人回答："昨晚看九点钟左右，我的那个旧电视机出了毛病，造成电

路短路,停了电。因为我自己不会修,就吃了安眠药睡了。今天早晨,就大约三十分钟前,我给电工打了电话,他告诉我只要把大门口的电闸给合上就会有电了。"

可是,艾文扫视过房间之后,便识破了她的谎言。

艾文是怎么做出判断的呢?

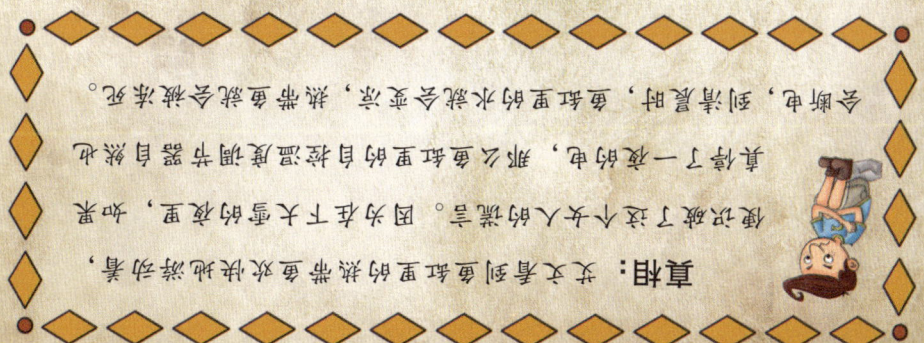

真相:艾文看到房间的装饰里有水晶吊灯。真是,假如她真的停了这么长时间的电,那么冰箱里的食品肯定都已经坏了,可即便是打开冰箱时,冰箱里的东西仍然完好无损。

10. 失踪的宝剑

英国历史博物馆中收藏着世界上仅存的一把保存完好的八面宝剑。这把宝剑是一件古老的青铜器,已经有近两千年的历史了。

有一位考古学家和一位科学家要为它做份报告,同时还有一位摄影师随行。博物馆为了方便他们研究,决定晚上为他们开放宝剑展厅。这把宝剑造型古朴大气,剑身上虽有斑斑铜锈,但锋芒毕露。三人都非常喜爱它,仔细地观察了很久才离开。但让他们感到遗憾的是,由于要完好地保存这件文物,它被禁止直接触碰。

第二天,博物馆的人发现宝剑不见了!但三人都坚称,离开以后没有进过展厅,他们相互指责,都说是对方偷走了宝剑。此刻,布朗先生带着艾文和威狼,正在三人的房间里仔细勘查。

布朗先生在其中一个房间里发现了异常,于是他断定:在吵得不可开交的三人中,一定有人偷走了宝剑!

到底是谁偷走了宝剑呢?

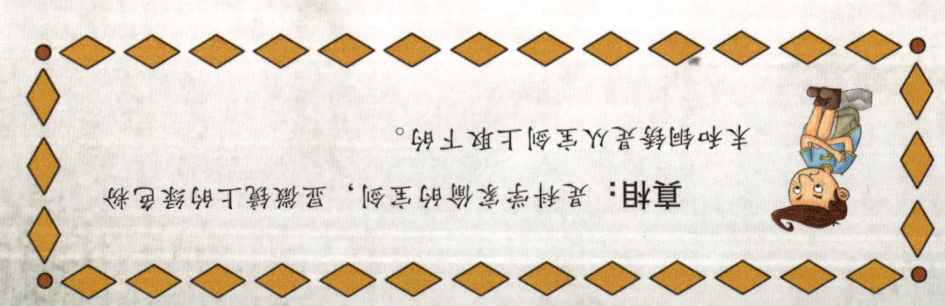

提示:是谁容易留下指纹,又在镜子上的痕迹最多的人身上的。

11. 语文老师的作文课

学校隔壁的唱片店里,发生了偷窃案。这天早上,老板打开店门,发现窗户玻璃被打碎了,柜架上少了一套最流行的唱片,而旁边的两个钱柜里,几百元现金一分也没有少。老板随即向警方报了案。

布朗先生认为,小偷很可能是学校里的学生,因为太喜欢唱片,又没有钱去买,就一时糊涂做了错事。如果大张旗鼓地去调查,让大家都知道他偷了东西,将不利于他今后的成长。

布朗先生就和校长商量,想出了一个办法。他假扮成新来的语文老师,来到歌迷最多的三班,对班里的同学们说:"为了训练同学们的想象力,今天我想让大家写一篇作文,题目是《午夜

小偷》。我们假设自己是一个小偷，昨天晚上进入学校隔壁的唱片店偷东西。大家要把如何进入店内，都偷了什么东西写具体点，越具体越好，半个小时后交。"

晚上，布朗先生认真阅读作文，其中有三篇作文引起了他的注意。

第二天早上，布朗先生找来其中一个学生，经耐心教育，他终于承认是他偷了那套唱片。布朗先生找来的是第几个学生呢？布朗先生根据什么推测出他就是小偷呢？

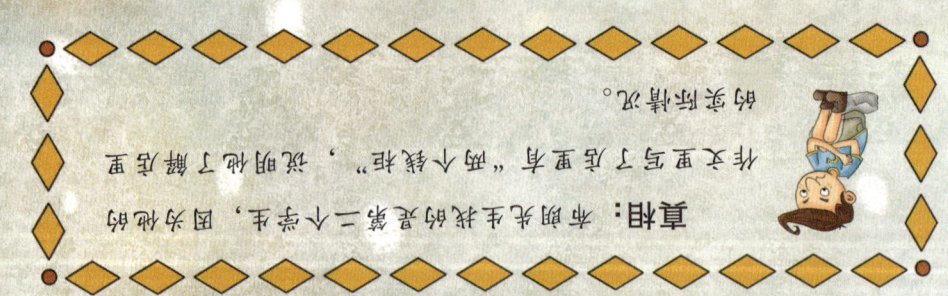

真相：布朗先生找来的是第二个学生，因为他的作文里写了店里真有"那张唱片"，说明他了解店里的真实情况。

12. 失落的名画

不久前,马格收集到荷兰画家柯楠的一幅肖像画。他的朋友也很喜欢,笑嘻嘻地问:"你不怕被人偷去吗?"

"我已经为它投了保险。"马格自信满满地说。

几天后的一个晚上,艾文和克莱尔正好从马格家门口经过。这时,一辆小车悄悄滑到马格家的后门。一个穿戴整齐的人匆匆从屋里走出来,塞给司机一个长筒形的东西。然后,小车迅速开走了。这前后不到一分钟的交接,看来像是预先安排好的。

"看起来有点儿奇怪,不是吗?艾文?"克莱尔说。

"不好。"他们快走几步来到门口,敲了一下门。

马格在里面问道:"谁呀?"听说是艾文来了,便说,"进来吧,小家伙。"

艾文和克莱尔推门而入，只见马格站在散乱的床边，裤子穿了一半。

"我听见响声，正要穿上裤子出去看看。"他有点惊慌，"发生了什么事？"

"你家可能失窃了。"克莱尔说。

马格大吃一惊，马上穿好裤子，光着脚跟着艾文冲下楼。

"啊，那幅柯楠的名画被偷走了。"马格万分沮丧，"我要把它找回来。"

艾文看着马格，若有所思地说："这画是你自己拿出去的吧！"

艾文说的是真的吗？

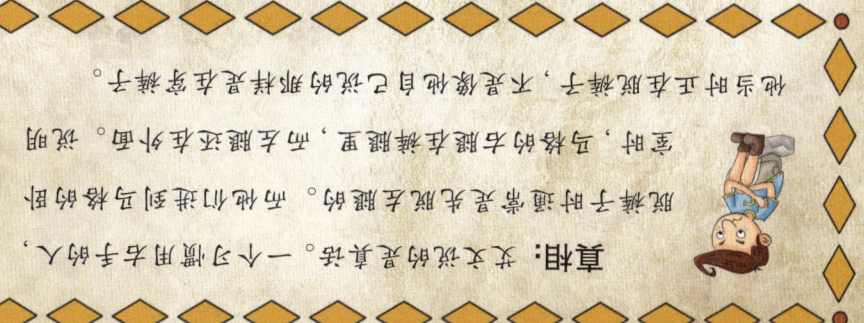

真相：艾文说的是真的，一个刚刚睡醒的人，脚趾甲盖通常是发红的，当他们站起来后脚的血液才会循环畅通，脚趾甲盖也会恢复原色。而马格的脚趾甲盖正常，分明是醒着的，却装作自己刚刚被其他声音惊醒。

13. 从树上跌落的人

某日清晨,有市民报案说有人死了。

警察到案发现场的时候,看见一个男人倒在紧靠院墙外的一颗树下,而树根处放着一双鞋。这个男人赤裸的脚掌上有好几道擦伤,还渗着血。可以看出来,这个人已经死了有一会儿了。

大家都认为这是一起意外死亡事故,因为这实在是太明显了。

"他大概是想爬上这棵树,然后潜入这个院内,但因脚滑从树上掉下来摔死的吧。真是个愚蠢的窃贼。"一个刑警这样说道。

"不,这个人不是从树上滑下来的,是有人杀了他,然后故意伪装成从树上滑下来的样子。"布朗先生一眼就看穿这是他杀后的伪装伎俩。

大家都觉得奇怪,这怎么可能呢?

那么布朗先生是怎么做出判断的呢?

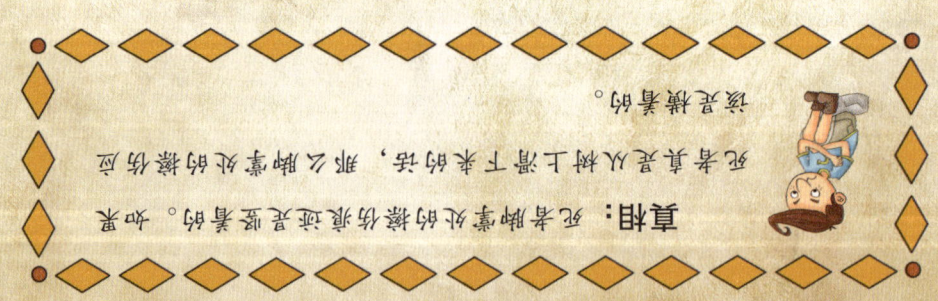

提示:死者脚掌的擦伤应该是逆着爬的。如果他是从树上滑下来的话,那么脚掌的擦伤应该是顺着擦的。

14. 剧院里的幽灵

艾文的姑妈生病了,艾文和克莱尔一起来到姑妈家的小镇上,打算住上几天。德姆里希剧院是这个小镇上唯一的歌剧院,小镇上的人都喜爱在傍晚的时候来这里欣赏歌剧表演。人们最喜欢的歌剧是莫扎特的《魔笛》和瓦格纳的《漂泊的荷兰人》。

可是最近歌剧表演者罗姆很不开心,因为在人们睡得香甜的时候,剧院里总有一阵恐怖的歌声飘荡出来,吓得小镇上的人们都不敢去观看他的歌剧表演了。人们相信剧院里藏着一个幽灵,每天深夜召唤它的同伴!艾文和克莱尔才不相信有什么幽灵呢,他们想知道究竟是谁在捣鬼。

经过一番调查,他们觉得剧院里的学员汤姆嫌疑最大。汤姆

是一个没人疼爱的孤儿,他一直梦想成为像罗姆一样的歌剧表演家,赢得大家的认可和关心。但是他的音域天生过于狭窄,现在只是在歌剧院里做些杂活。

这天早上,他们来到汤姆的小屋,他正在准备早餐。艾文坐下后,问道:"汤姆先生,请问你是不是每天午夜在剧院假扮幽灵?"

汤姆怒气冲冲地说:"小鬼,我每天都睡得很早,根本不知道什么剧院里的幽灵!"艾文根本不相信汤姆,他认为汤姆在说谎。

艾文是怎样看出汤姆在说谎的呢?

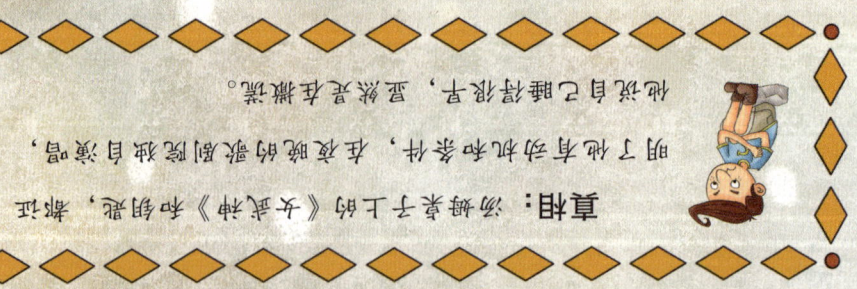

真相:汤姆是剧院里的《不死神》的剧组成员,扮演了他在剧中的角色,在夜晚的剧院游荡且演唱,他发现自己睡错话后,露出马脚在撒谎。

15. 说谎者

艾文请求爸爸带自己去旅行已经很久了,终于,艾文和克莱尔都放假了,布朗先生答应带他们去日本。由于时间充足,他们决定坐轮船去。

这天清晨,船进入日本领海,船长大卫刚起床,便去布置进港事宜,将一枚钻石戒指遗忘在船长室里。

十五分钟后,他回到船长室,发现那枚戒指不见了。船长很着急,听说大侦探布朗先生在这艘船上,就立即请他帮忙。布朗先生把当时正在值班的大副、水手、旗手和厨师找来盘问,然而他们都否认进过船长室。

每个人都说自己当时不在现场。

大副:"我因为摔坏了眼镜,回到房间里去换了一副,当时我肯定在自己的房间里。"

水手:"当时我正忙着打捞救生圈。"

旗手:"我挂国旗时把顺序搞错了,当时我正在重新挂。"

厨师:"当时我正在修理电冰箱。"

布朗先生根据他们各自的陈述和相互做证的情况,略一思索,便找出了说谎者。

事实证明,这个说谎者就是偷戒指的人。你能猜出是谁吗?

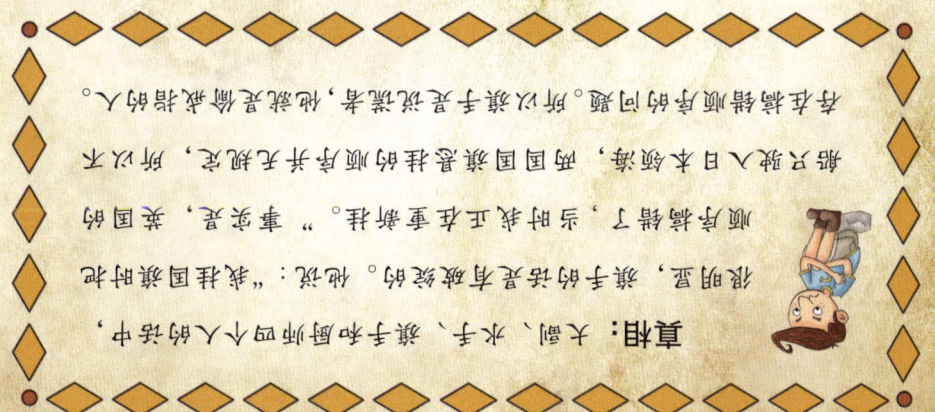

答祖:大副、水手、旗手和厨师四人的话中,旗手撒谎了,他说:"我挂国旗的顺序搞错了,当时我正在重新挂。"事实是,英国的船只驶入日本领海,挂的国旗应该挂在桅杆上的右边,所以挂的顺序是没有问题的。所以旗手肯定就是偷戒指的人。

16. 地毯上的弹壳

布朗先生一家来到纽约旅行,住进一家高级酒店二楼的一套客房里。

这天一大早,突然走廊上传来女人的呼救声。布朗先生循声找去,发现走廊另一头的一个房间门前站着一个年轻妇人,她在哭喊着,从开着的门可以看到,房间里有个男人倒在安乐椅上。

布朗先生对这个男人做了简单检查后,确认此人刚死,子弹穿入心脏。

当地的警署派人来了。那个年轻妇人边哭边说:"那时,我刚刚起床,然后听到有人敲门。我打开门时,门外一个戴面具的人朝我丈夫开了枪,然后把枪扔进房间就逃跑了。"

布朗先生环视一圈,眼睛一眯,便知道年轻妇人在说谎,他告诉警员:"把这位太太带回去讯问。"

布朗先生为什么对死者的妻子产生了怀疑?

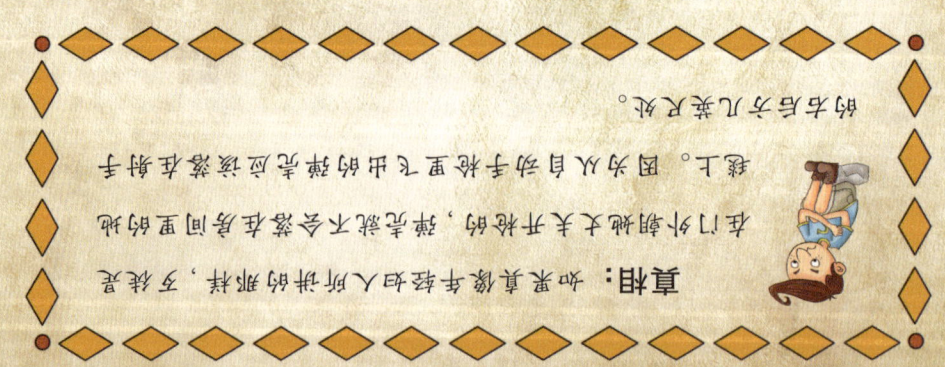

答桉:如果真像年轻妇人所说的那样,凶手是在门外朝屋子里开枪的,弹壳就应该落在房间的地毯上,因为从手枪里弹出的弹壳总是落在射击者的右手的右后方几英尺处。

17. 贼喊捉贼

在一个白雪飘飘的寒冷的中午，一个富人来到他年轻的情人的住所。一进屋，他不禁大吃一惊，只见她手脚被捆着绑在床上。

这个富人立刻帮女人把绳子解开，然后报了案。

布朗先生很快和警察一起赶到了这个女人的屋子。布朗先生问："女士，这是怎么回事？请你把当时的情况详细说明一下。"

"昨晚十点左右，一个蒙面强盗闯进来，把我捆绑住之后，将老板存放在我这儿的用假名字办的银行存折抢走了。"她一边哭一边答道。

布朗先生环视房内后，突然注意到了什么。她在撒谎！

"这位女士，我确定，你是在这位先生到来之前，自己捆上手脚而谎称是强盗干的。你还是痛快地把骗去的钱交出来。"

那么，布朗先生的证据是什么？

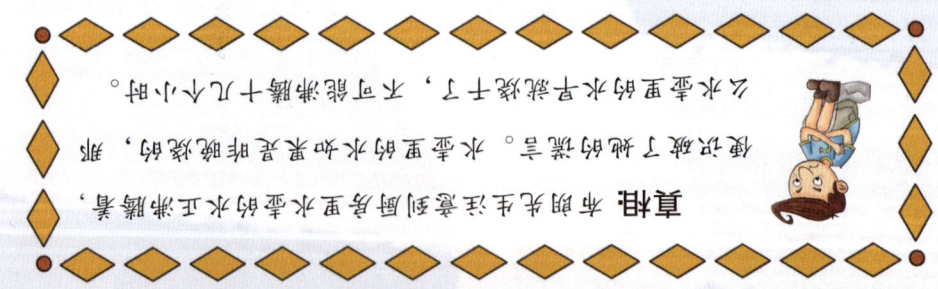

答： 布朗先生注意到寒冷房间里水壶的水正沸腾着，借此推断了她的谎言。水壶里的水如果是昨晚烧的，那么，水壶里的水是不可能再沸腾十几个小时的。

18. 雪夜的假证词

这一年的冬天来得特别早,夜里刚下了一场大雪,第二天,布朗夫妇便带着艾文一起来到艾文爷爷家过圣诞节。那是一个位于伦敦郊区,名叫圣诞派的小镇。

艾文他们一走进小镇,便听到镇上的居民议论纷纷,布朗先生打听后得知,原来小镇上的富商约翰·曼特家昨天夜里进小偷了。而且,大家都认为是一个名叫布鲁斯的单身男青年干的,因为他总是游手好闲。最近几天,镇上的居民还经常看到他在约翰·曼特家附近晃悠,形迹非常可疑。

又走了一段路,艾文他们正好经过布鲁斯的家门前,只见布鲁斯正在与一位警察争论。

警察追问布鲁斯:"那么,昨天夜里你到底在哪儿?"

"我再说一次,我昨天外出旅行去了,这不,半个小时前刚刚回来,我怎么可能是罪犯呢?"布鲁斯不耐烦地答道。

艾文只看了一眼布鲁斯的房子,马上就看穿了此人的谎言。

这是为什么呢?

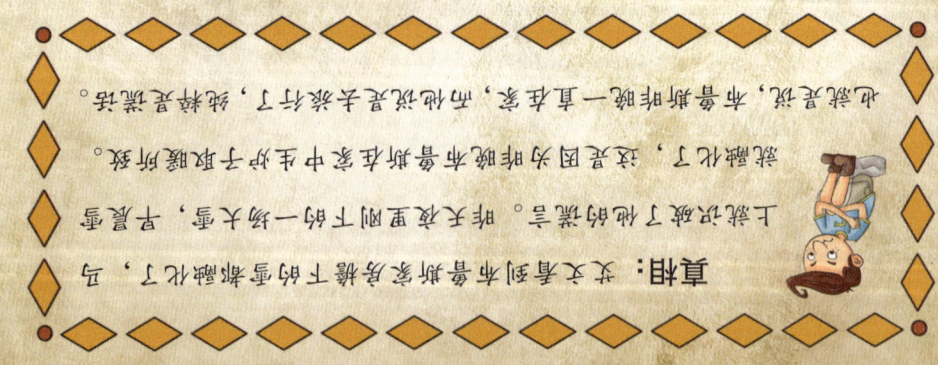

答相:艾文发现布鲁斯家屋顶上的雪都融化了,为上积很厚的雪没有融化,但天上是昨天夜里下的一场大雪,早晨看上积很厚的雪没有融化了,这是因为布鲁斯晚上是在自己家中度过的,烧了一夜炉火,所以他说昨天外出旅行了,这肯定是谎言。

19. 布朗先生的判断

　　这天警察局接到一个男人的电话，男人的声音听起来很慌张，哆哆嗦嗦的，警官经过仔细询问才知道，住在他隔壁的女人死在了家中，看上去是上吊自杀，而女人的丈夫已经两天没有回家了。

　　布朗先生知道后，立即赶往了案发现场，不仅对死者的房间进行了仔细的检查，还向死者的邻居进行了一番询问，最后才了解到：女人的丈夫在外面有了情人，经常到半夜才回来，甚至有时好几天都不回家，就算偶尔回趟家，还会听到他们吵架的声音。人们怀疑这个女人是因无法忍受丈夫的冷落而自寻短见。但布朗先生仔细检查了尸体，发现她穿着一双湿漉漉的皮鞋，又仔细检查了死者上吊用的凳子，胸有成竹地说："这不是自杀，而是他杀。"

　　布朗先生是根据什么做出判断的呢？

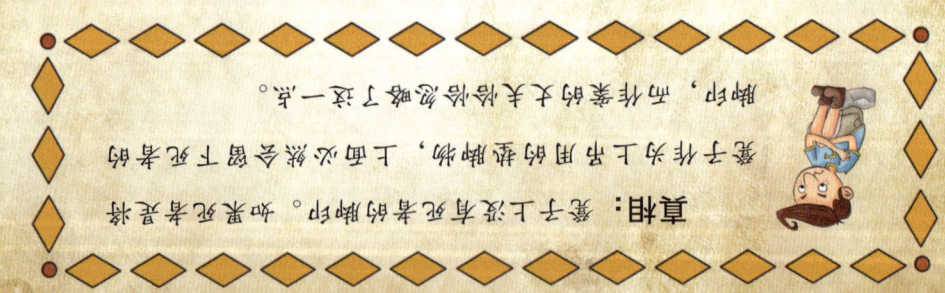

答案：凳子上没有死者的脚印，如果死者是踩着凳子上吊用的凳子的，凳子上应该会留下死者的脚印，而死者的鞋底又是湿的。

20. 懒惰的人

这几天布朗先生办案太忙了,艾文和克莱尔不能时时跟着他,于是,两人就带着威狼在家里玩儿。实在太无聊了,艾文就说:"克莱尔,我给你出个题目,看你能不能解出来。"

克莱尔说:"你说吧,我肯定可以解出来。"

华克　　　　埃文曼　　　　麦迪

艾文说：夏季到了，某工厂为了清洁烟囱，决定停工一天，特地聘请了三个工人来做清洁，三个工人分别是麦迪、华克和埃文曼。可是他们中有一个人非常懒惰，却并没有袖手旁观，远离工作现场。所以，大家不知道他究竟有没有认真干活。

工厂的负责人听说后，决定亲自去查看一下。

这三个工人穿着整齐的工作服到达工厂，开始工作。过了几个小时，他们同时走出烟囱，三人的样子都不同，负责人一眼就看出谁是偷懒的人。

工厂负责人指着麦迪说："你没有清洁过烟囱。"

艾文问克莱尔："你认为工厂负责人是怎么知道麦迪没有清洁烟囱的呢？"

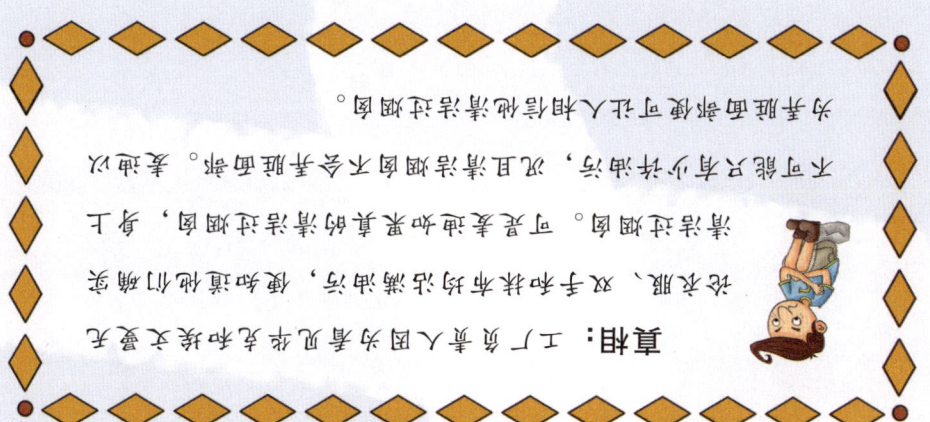

答相：工厂的负责人因为看见麦迪又干净又整洁，对于其他井没有弄脏的人，他们就知道他们没有清洁过烟囱。可是麦迪的其他同伴脸上都黑乎乎的，麦迪以为他只要不弄脏，而且其他同伴的脸都是黑的，就可以欺骗工厂负责人他做过烟囱。

21. 雨后的彩虹

豆大的雨点砸在屋顶上、马路上、窗户玻璃上，溅起小水花，真是好看！雨过天晴，倾盆大雨带走不少炎热。雨后的天空中出现了一道美丽的彩虹。人们纷纷走出家门，呼吸着新鲜的空气，大街上渐渐热闹起来。

忽然，一家银行的报警器铃声大作，有个蒙面人闯入银行抢劫，银行员工偷偷按响了报警器，抢劫者得手后就赶紧逃走，混进了大街上的人群里。

警察火速赶到，封锁了现场，并且根据目击者说的抢劫者的外形特征，抓住了三个嫌疑犯，布朗先生对他们进行了审问。

布朗先生做完了笔录，让三个人都签了名，然后对身边的警员说："这三个嫌疑犯当中，有一个人在撒谎，欲盖弥彰，他的身份已经暴露，我已经知道谁是真正的罪犯了！"

布朗先生说的罪犯是谁呢？

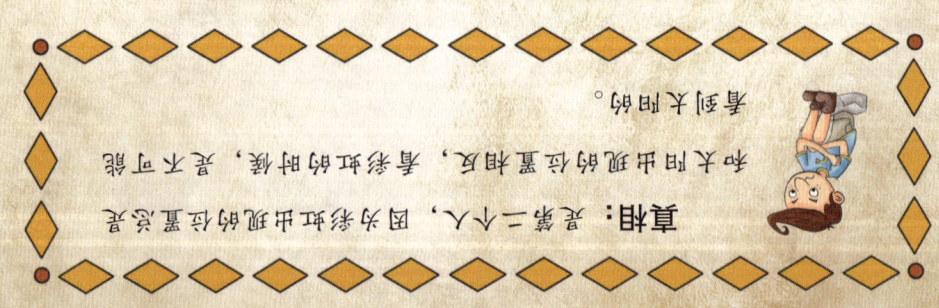

答相：签名第二个人，因为他签的时候左手是湿的，与其他两人的签名方式相反，显然不正常，他是用左手签的。

"当时我在银行对面,听到有人抢银行,才过来看热闹。"

"雨停了以后,我开心地走出家门在马路边欣赏彩虹。可是阳光太刺眼了,我看到银行隔壁有一家眼镜店,就准备去买墨镜。"

"我走过银行的时候,外面下起了雨,我只好在里面躲雨,没想到碰上了抢劫案。"

22. 会说话的鱼

　　布朗先生有个常年不变的爱好，就是钓鱼，尤其是出海去钓鱼。他觉得趁着天气晴朗，吹吹海风，钓钓鱼，真是再舒服不过的事情。

　　星期天，布朗先生带着艾文、克莱尔和威狼出发了。他们乘上了一艘船出海钓鱼，船上只有八个人。艾文和克莱尔觉得这次非要缠着布朗先生出来真是不明智，钓鱼实在太无聊了，他们只好带着威狼到船舱里玩儿。但布朗先生却很开心，难得闲下来做自己喜欢的事，多好啊！他拿着自己的"普雷斯顿"一边闭目养神，一边等着鱼上钩。

中午，布朗先生在船舱里吃过午饭，回到甲板，却发现"普雷斯顿"不见了，那是他最喜爱的钓竿，这前前后后不过半个小时，钓竿怎么会不见了呢？到底是谁拿走了钓竿？

现在一共有五个嫌疑人：

第一个人是船长，他说他正在开船，有船长室监控摄像作证。

第二个人是船长的大儿子，他说他正在睡觉，没有人作证。

第三个人说，他在甲板上钓鱼，刚刚才钓上来的，甲板上桶里的鱼可以作证。不过很可惜，那条鱼已经死了。

第四个人和第五个人说他们正在玩牌，互相可以作证。

布朗听完他们的叙述，就已经知道谁是偷钓竿的人了。

那窃贼到底是谁？为什么？

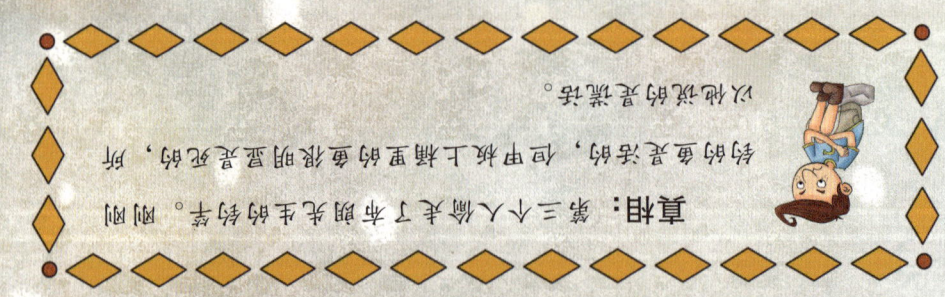

真相：第三个人偷走了布朗先生的钓竿。刚刚钓的鱼是没有死的，而甲板上桶里的鱼看起来是已经死的，所以他说的是谎话。

23. 艾文的疑问

最近，电视上有很多关于交通事故的报道，克莱尔很生气，她觉得那些不遵守交通规则的人实在是太可恶了。正在她生闷气的时候，艾文来了。

艾文说："别生气了，我给你出个题，你这么聪明，肯定知道答案。"

艾文拿出一幅画来，并介绍了案子的大概情况，原来是一起交通事故。

清晨六点的环城公路上，行人稀疏，偶尔有跑长途的卡车风驰电掣般驶过。

安德开了一整夜的车，正在路边休息，突然，左前方有一个男子骑着一辆自行车飞速地从马路对面横穿过来。这时，一辆卡车疾驰而过，将男子撞飞在地。

卡车紧急刹车后,司机犹豫片刻,便开车绕过受伤男子,加大油门驶离现场。一旁的安德大喊停车,可司机置若罔闻,逃得飞快。

安德想记下车牌号,可惜车子已经开远了。于是,他赶紧跑向路中央扶起受伤的男子,只见受伤的男子嘴里喃喃地念叨着什么。安德把耳朵凑在他的嘴边,终于听清他念叨着的五个数字:10689。没一会儿,那名男子便因伤重死亡。

报警后,安德详述了目击经过,交警勘查了现场,提取了物证,如卡车撞人后掉下的漆皮等。两天后,警察请安德去辨认已查到的车牌号为 10689 的卡车。可安德一看就否定了那辆车。难道那名被撞死的男子看错了吗?

艾文问:"克莱尔,为什么警察按车牌号找到的车,安德说不对呢?"

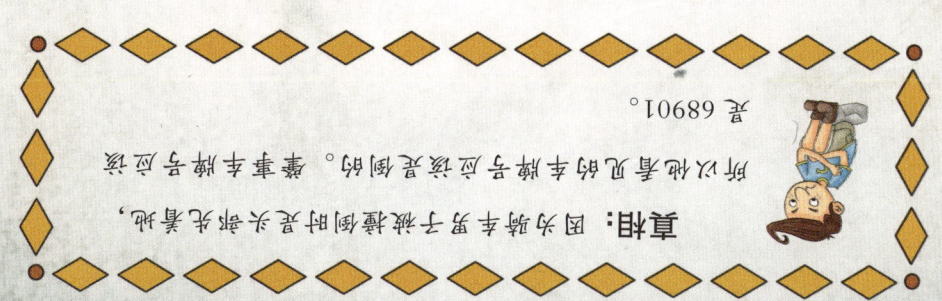

答:因为被撞男子被撞倒时是头朝下的,所以他看到的车牌号应该是倒的,真正的车牌号应是 68901。

24. 博物馆失窃案

东宾市的标志性建筑是城南的一家博物馆，它收藏了很多名贵的宝物。近段时间，一件玉雕正在这里展出，虽然连着几天一直下雨，但还是有很多人前来参观。这一天，布朗先生接到博物馆的电话，对方希望在这段时间里，布朗先生可以负责这件玉雕的安全。

傍晚，一个窃贼混进人群，他背着照相机，拿着一把雨伞，躲到了大厅的楼梯间里。

直到博物馆里所有的人都离去，窃贼才钻出来。此时，外面下起了大雨，风雨声遮盖了一切。他拿出撬锁的工具和事先准备好的赝品，打开展柜，换下玉雕，然后将一切摆成原状，又躲进了楼梯间。

第二天一早雨还在下，窃贼从楼梯间溜出来，打算迅速离开。可是当他撑开雨伞准备走出博物馆大门时，却被进门的布朗先生拦住了，布朗先生问他昨天晚上躲在博物馆里干什么。

窃贼做贼心虚，解释不清楚，布朗先生便说："跟我去趟警局吧！我怀疑你有盗窃行为。"

你知道布朗先生是从哪里看出破绽的？

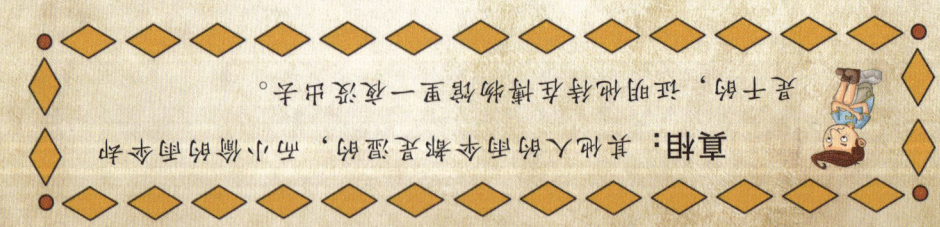

答案：其他人的雨伞是湿的，而小偷的雨伞却是干的，这证明他是在博物馆里躲了一夜才出来。

25. 收藏家的秘密

这天凌晨,布朗先生接到了好友杰森的电话。杰森说有一个著名收藏家报案说,有人入室抢了他收藏的珍贵手稿。

布朗先生和杰森一起来到收藏家的家里,询问案发的经过。

收藏家说:"我刚刚把手稿拿出来,屋子里就停电了。于是,我点燃了蜡烛,但是没一会儿,窗户突然被风吹开,我正准备去关窗户时,一个蒙面人从窗外爬了进来。他把我推倒在地,捆住我的手脚,堵住我的嘴。然后抢走手稿,从窗户逃跑了。我挣脱绳子报了警。"

听完后,杰森正在思考,布朗先生却笑了起来:"你很聪明,但是你忽略了一个重要的细节,我想,你是为了骗取巨额的保险金吧。"

布朗先生转身对杰森说:"他在说谎,你应该把他带回警察局,仔细审问。"

布朗先生是怎么发现其中的破绽的呢?

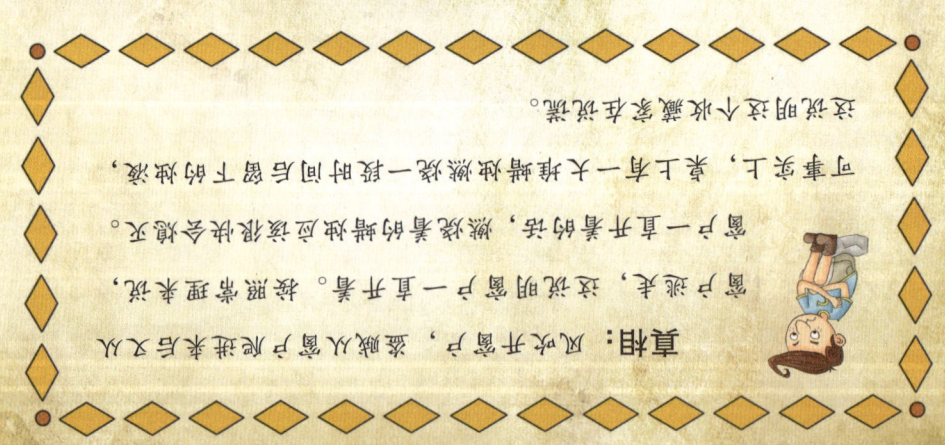

答案:风把窗户吹开了,蜡烛肯定会被风吹灭。即使没有灭,这蒙面人闯了一屋子里,蜡烛也要熄灭。即使再不熄灭的话,蒙面人的胳膊肘一挥就可以把蜡烛弄灭。可是事实上,桌上有一支蜡烛被他一起带到房间内屋的阴影处。这说明这个收藏家在说谎。

26. 谁是嫌疑犯

艾文和克莱尔都是侦探小说爱好者，布朗先生会经常告诉他们一些破案的方法和技巧。久而久之，艾文和克莱尔思考问题的时候也有点像模像样了，布朗先生很为他们高兴。

这天，布朗先生和艾文正在大街上散步，走到警察局附近时，看见前面有两个人走在一起。仔细一看，这两个人是被手铐铐在一起的，原来是便衣警察抓了嫌疑犯，正要回警察局。

布朗先生看后，就想考一考儿子艾文。他从手机里翻出一张照片，然后将手机递给儿子，说："那个警察是我的朋友，这是他以前的照片，你能根据这张照片，判断出这两个人中，哪个是警察，哪个是嫌疑犯吗？"

艾文想了半天也没有想出来，你能回答出来吗？

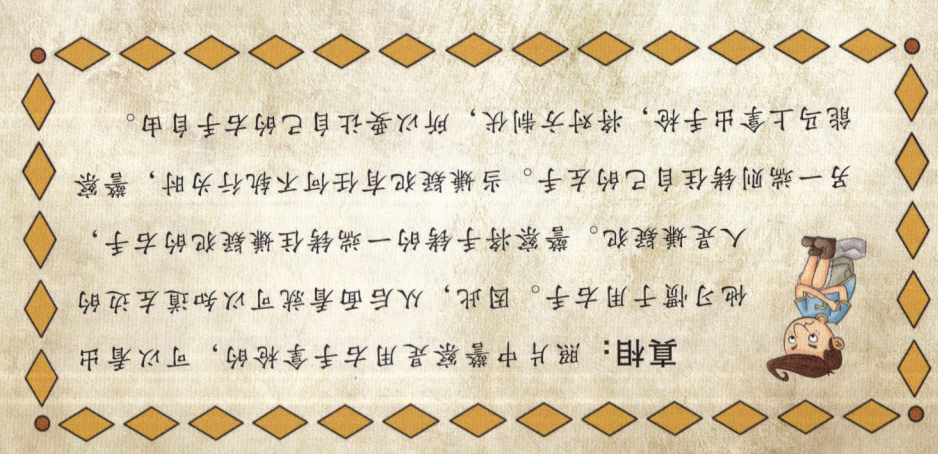

答桉：照片中警察是用左手拿枪的，可以看出他习惯于用左手。因此，从另外两个可以活动的手中看，另一只握住自己的右手，嫌疑犯的右手和警察的左手。因此嫌疑犯，嫌疑犯为了不被他所挣脱，将铐住他自己的右手。

27. 女秘书的谎言

由于布朗先生是著名的侦探，所以，他随时随地都有可能被请去帮忙破案。

一天半夜，人们都已经进入梦乡，大街上很安静。突然，刺耳的警报声响了起来，警车在一家五星级酒店门口停了下来。

一家著名公司的老板死在这家宾馆的客房里。报案的是老板的秘书，等警察赶到的时候，她已经在宾馆里等着了。

布朗先生跟随办案人员一起来到案发现场。从现场情况分析，老板是在接电话时被人从背后开枪打死的。

秘书小姐说："当时我正在跟老板通电话，突然听见话筒里传来枪声，忙问他发生什么事了，但只听到老板临死时的呻吟声和凶手逃走时慌乱的脚步声。我意识到情况不妙，就赶紧打电话报警，然后赶来了这里。"

布朗先生听完她的述说，笑着说："秘书小姐，你的谎话编得可不太圆满啊，你还是老实交代你是怎么杀死老板的吧！"

你知道布朗先生是从哪里发现破绽的吗？

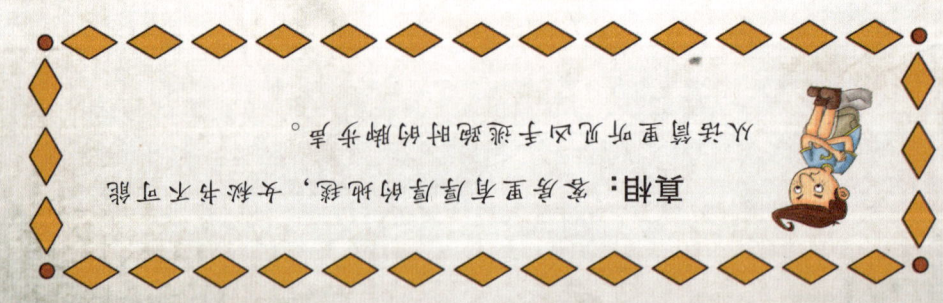

答案：老板是在接电话时被打死的，不可能让秘书从话筒里听到凶手逃跑时慌乱的脚步声。

28. 说真话的照片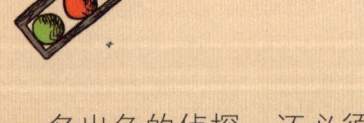

"艾文,我发现,要想成为一名出色的侦探,还必须具备丰富的知识呢。"克莱尔进门就对艾文这么说。

"这么说,你是不是又看了什么侦探故事啦?"艾文走过来问。

"嗯,是啊。我给你看几张照片,看你知不知道。"克莱尔激动地说。

"你还得给我讲讲案子的经过。"艾文急忙说道。

克莱尔讲的案子是这样的:

六月的一个下午,有个行人在路上被抢。他很快到警察局报了案,并仔细回忆了当时的情景。办案的警察根据行人的描述,开始在附近逐一搜查。但是,正当警察还在寻找抢劫者的时候,又有行人报案说被抢了。经过询问得知,原来,这些都是同一个人干的。警察迫不及待地想要抓住抢劫者。

终于,办案人员找到了嫌疑人W。但是,W立即否认自己就是抢劫者,并说:"我在你们说的时间里都在动物园里玩儿。"

为了证明他不在案发现场,W还拿出了几张他在动物园里所拍的照片,其中一张是北极狐的照片。

然而,负责审讯的警官看了照片后,对W说:"你的这些照片虽然拍得不错,但正是这张北极狐的照片,说明你在撒谎!"

你知道警官是如何识破W的谎言的吗?

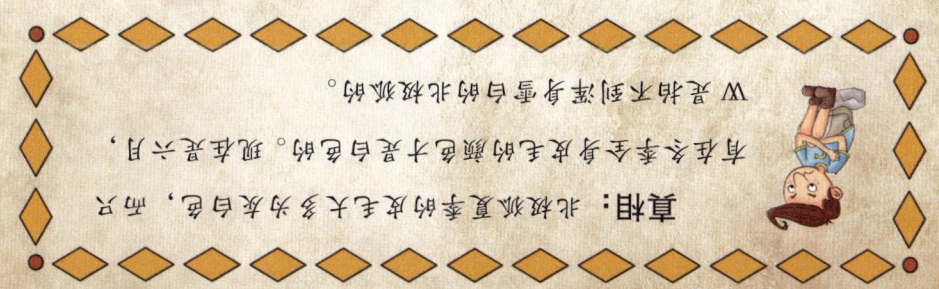

答祝:北极狐夏天的毛是灰黑色的,而六月正是夏季,北极狐的毛应该是灰黑色的,现在是白色的,W显然是刻意伪造自己去过动物园的证据。

29. 会说话的抽屉

　　布朗先生接手过很多案子，并最终都将罪犯抓获。多年的办案经历让他经验丰富，总能最快找到破绽，他说："胆大心细，仔细观察推敲，是很有利于破案的。"

　　这天，布朗先生正在跟朋友谈论一起诈骗案的案情，突然，电话响了，是个男人打来的。他说："我要报案，我杀死了我的好朋友，但我是正当防卫。请你们相信我。"

　　布朗先生和朋友火速赶往男子所说的地方。

　　死者死在自己的办公室里，他是被刀刺中胸膛而死的。经过调查，死者与报案的男人是好朋友，但最近因为一笔经济纠纷闹得很不愉快。报案的男人回忆说："今天我来找他聊天，希望可

以化解我们之间的矛盾,但是中间我们吵了起来,令我震惊的是,他居然从抽屉里拿出刀就向我冲过来。"

"既然是他拿的刀,那刀怎么会到你的手里呢?"布朗先生问。

"我们扭打的时候,刀掉在了地上,我就拾起来了,然后,我失手杀死了他。"

布朗先生看了看办公室,走到办公桌后面的时候,他发现了问题:"我看不像你说的那样,你是故意杀害死者的!"

你知道布朗先生看到了什么,才怀疑男子在说谎吗?

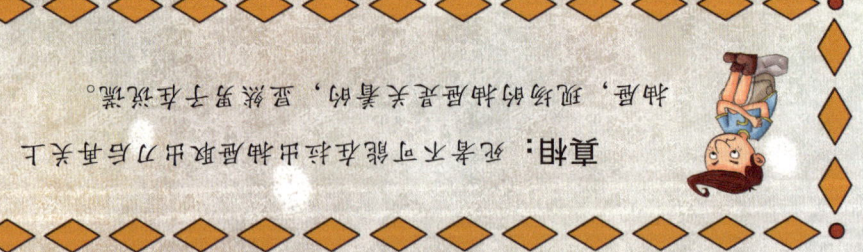

真相:死者手可以够在的抽屉里取出刀子是关上的,抽屉,把抓的抽屉关上的,显然男子在说谎。

30. 雪夜谋杀案

在一个大雪纷飞的冬夜,一个单身女子在自己住的地方被人杀害。警方赶到现场,展开深入调查,并询问了女子住所附近的居民。最后确定行凶时间大约为当夜八点左右,而且还得到了一个年轻男子向警方提供的目击证据。

他是这么说的:我家距离她家的窗户有二十米,我看到一个金发男子出现在她的房间里,就是你们说的那个时间,那个男人戴着黑边眼镜,并且还蓄着胡子。

布朗先生问:"年轻人,你确定你看到了吗?"

"是的,因为她家的窗户玻璃是透明的,而且那天晚上她家的窗帘又是半掩的,所以我才能从二十米外清楚地看见凶手的脸。"

这时，布朗先生很肯定地说："年轻人，你所说的都是谎话。以我的判断，你的嫌疑最大，因为你是在行凶后才把被害人家里的窗帘拉开逃走的。你还给警方提供假口供，试图掩盖自己的罪行。"

结果，经过审查，事实证明了布朗先生的推断是正确的。你知道他是怎样推断的吗？

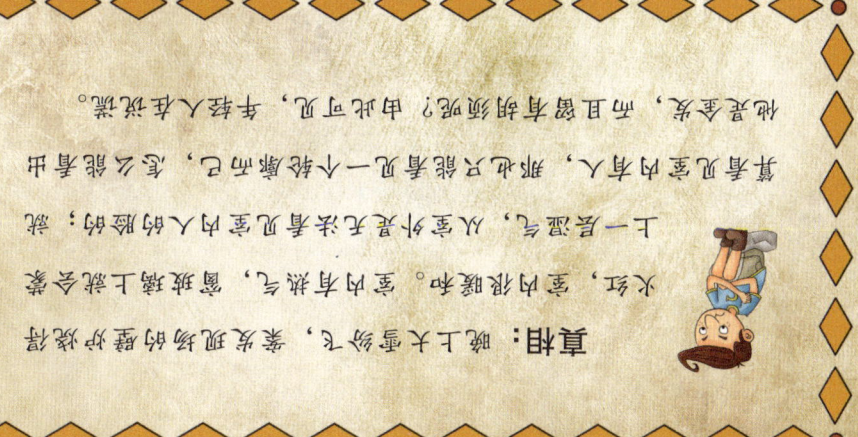

答相：晚上天气冷了，案发现场的窗户都是关着的，窗内也很暗淡。窗内的挂衣架上挂着衣服，从窗外是无法看见屋内的情况的。那其貌迈的男人，他为什么说看见一个被害者之后又跑到其他的卧室内，而且还有的谎说呢？由此可见，有杀人凶嫌疑。

31. 离奇的凶杀现场

  雨已经连着下了几天，S接到好友P的电话，P说心情不好，S就邀请她来自己家里聊聊天。淋了雨来的P哭得很伤心，S就让她先去洗个澡。但是不幸发生了。

  M接到姐姐S打来的电话，说有要紧事情让他马上到她家去。P洗澡时突然心脏病发作，死在浴缸里。S不敢通知警察局，怕警方怀疑是她杀了P而引起麻烦，因此求M把P送回P住的别墅的浴室里，并把那里伪装成死亡现场。

  M把P送到她的别墅时，正是半夜。幸好别墅坐落在森林边缘，没有人发现。M进门开灯后，把P放到浴缸里，打开热水器，让浴缸放满温水。整理好一切，他就离开了。

第二天早晨，P 的尸体被发现了。法医检查后说："死因是心脏病发作，属于自然死亡。"

正在现场调查的布朗先生忙问："是什么时候死亡的？"

法医说："更详细的情况还不确定，但是初步推测是在昨天下午三点到五点。"

布朗先生环视四周，沉思片刻后说："如果肯定是死于心脏病，死亡时间又是下午的话，那么这个浴室不是死亡的第一现场。"

M 有什么疏忽，使布朗先生肯定尸体是从别处运来的呢？

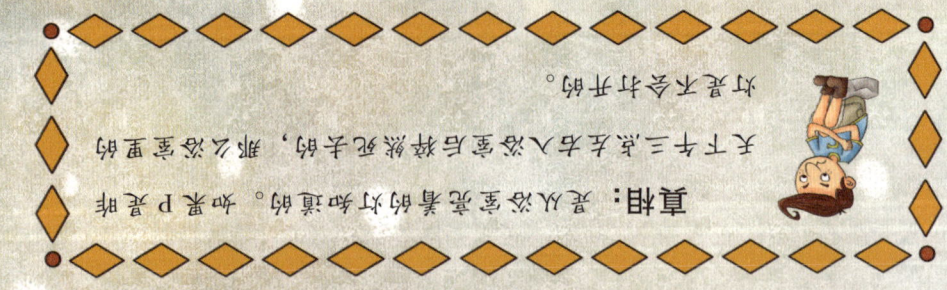

草推： 若 M 没说是昨天下午死的，却说 P 是昨天下午三点五点死的，这没有证据根据其他方法来猜测的。

32. 聪明的车夫

克莱尔是个活泼美丽的姑娘，就是好胜心太强，上一次艾文给她出了一道题，她没解出来，就一直想自己也出个很难的题目，挫一挫艾文的锐气。

这天，她拿着一幅画来找艾文："艾文，你能解出这个题，我就佩服你。"

柯南道尔是世界著名的小说家，他最擅长的就是写侦探小说，他的作品《福尔摩斯探案集》受到很多人喜欢，已经风靡全球了。只是，当时的新闻不像现在这么发达，所以，很多柯南道尔的书迷根本没有见过他，更不知道他长什么样子。

有一次，柯南道尔在街上叫了一辆出租马车。柯南道尔先把旅行包扔进了车里，然后爬了上去。但还没有等他开口，车夫就说："柯南道尔先生，您上哪儿去啊？"

"你认识我吗？"柯南道尔有点诧异地问。

"不，我从来没有见过你。"

"那你怎么知道我是柯南道尔呢？"

"这个，"车夫说，"我在报纸上看到柯南道尔在法国南部度假的消息，你刚从马赛开来的一列火车上下来；你的皮肤黝黑，说明你在阳光充足的地方至少待了一个星期；你右手中指上有墨渍，你肯定是一位作家；另外 你还具有外科医生那种敏锐的目光并穿着英国式样的服装，所以我推断你就是柯南道尔先生。"

柯南道尔夸道："你能如此细致地观察一个人，简直比侦探福尔摩斯还厉害！"

马车在行进着，柯南道尔目光无意间一瞥，才发现车夫其实不完全是靠推理得知他是谁的。

你说，柯南道尔是怎么发现的呢？

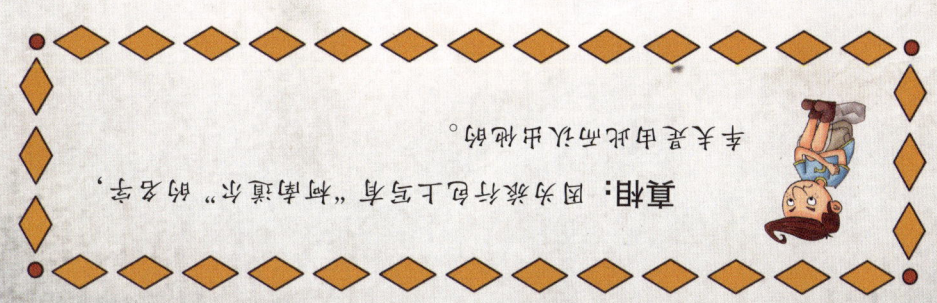

提示：因为箱子包上写有"柯南道尔"的名字，车夫是根据此认出他的。

33. 嚣张的窃贼

　　入冬已经一个多月了,刚下过两场大雪,天气很冷,气温已经降到零下五度。

　　布朗先生的邻居莱特先生是著名的作家。一个星期之前,他决定带着家人去瑞士度假,可能一时半会儿不会回来,就拜托布朗先生照看一下他的房子。

　　这天，杰克听说莱特先生一家出国度假了，就打算与自己的同伙一起去莱特先生的家里好好享受一下，毕竟这个冬天太冷了。杰克不仅是个无业游民，还是个无赖。他整天只想着从哪里可以吃到免费的午餐，享受舒适的生活。

　　杰克和同伙撬开前门，潜入了莱特先生的别墅。他们又吃又喝，几个小时过去了，没有人发现他们。杰克觉得很安全，不会有人来打扰他们，于是点燃了壁炉里的干柴，屋子里很快就暖和起来。他们一边坐在桌边吃着香喷喷的肥鸭，一边把电视打开看节目。

突然,门铃响了,杰克他们吓得跳起来,不知所措。门外是两个警察和布朗先生。

杰克觉得他们很小心,连灯都没开,那么,巡逻警察是怎么发现他们的呢?

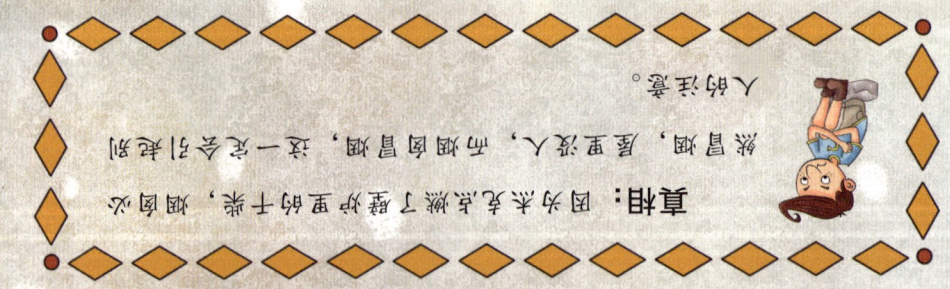

真相:因为杰克在房间里开了暖气而窗户开着,房间内外温差大,在窗户上凝结了水雾,所以被巡逻的人发现了,这一定会引起怀疑。

34. 雨中的帐篷

B市的A区是个美丽的旅游景点,人们经常来这里爬山野营。一天中午,突然下了一场大雨。雨停后,一个人急急忙忙来到了警察局,说:"不好了,A区加油站的服务员被人杀了。"

布朗先生很快就接到了电话,立刻赶到现场。

"当时我正在开车进加油站,突然,我听到了一声枪响,接着我看见两个人从加油站里跑了出来,跳进一辆周末旅游车飞快地逃走了。我赶紧跑进屋里,看见加油站的一个男服务员已经倒在了血泊里。"这个人一边哆嗦着一边描述。

布朗先生听完目击者的讲述,又问了一些关于旅游车和那两个人的外貌的问题后,便带着几名警员开始搜查嫌疑人。

在距离进山入口几公里的地方，布朗先生看到了一辆旅游车，他怀疑是罪犯怕一时之间逃脱不了而躲进了山里。在山腰公园的人工湖边，布朗先生向野营者阿尔问起了他们来公园的时间。

阿尔说道："今天早上，我们支起帐篷，然后我们就出去了。天开始下雨时，我们找了个小山洞躲了好几个小时，刚刚才回来。"

阿尔很镇定，说的话似乎也没有破绽。布朗先生转身跨入阿尔搭的帐篷，还用手摸了摸地下，他发现了其中的破绽，于是对阿尔说道："你在说谎，现在请你先跟我们去一趟警察局吧。"

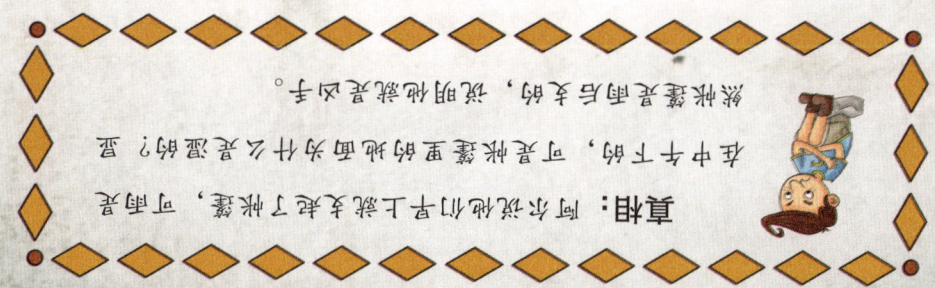

真相：阿尔说他们早上支起来了帐篷，可他是在中午下的，可是帐篷里的地面为什么是湿的？显然帐篷是后搭起来的，说明他撒谎了。

35. 燃烧的蜡烛

一天,警察局的电话铃声"丁零零"响起。一个女人打来电话说,自己的老公被人杀死在家里。

布朗先生在三十分钟后赶到凶案现场,发现死者是由于后脑勺受到猛烈撞击而死的。察看一番之后,布朗先生开始向女人询问一些细节。

"他最近跟谁有过冲突吗?"

"上个月他的弟弟向他借了三十万元,前两天还要来借十万元,我老公不愿意借给他,他就说……"

"那你能具体说说你是怎么发现你老公死了的吗?"

"今天,他为了给我庆祝生日,特地买了蛋糕。我们刚唱完生日歌,我就接到电话,说公司临时找我有事,当时还没有切蛋糕,他就说等我忙完回来再庆祝。结果……我忙了很久才回来,一回家就发现他已经死了。"

"根据你说的,我有理由认为你在说谎,你还是跟我去一趟警察局吧。"

布朗先生是怎么看出这个女人在说谎的呢?

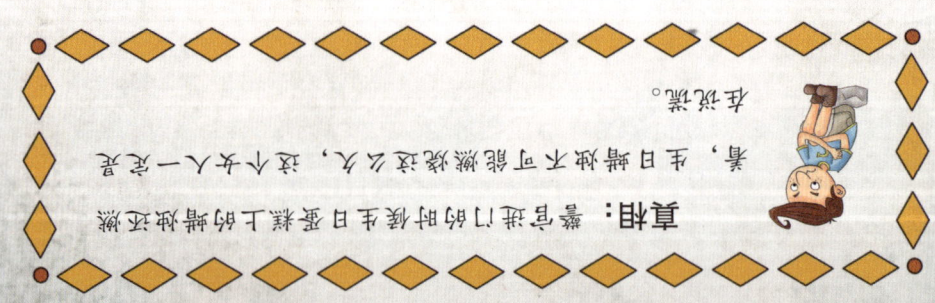

答相:警察发现门外的生日蛋糕上的蜡烛还在燃烧,可生日蜡烛的燃烧时间不可能燃烧这么久,故女人一定在说谎。

36. 花瓣去哪儿了

某街区发生了一起命案,警察赶到死者租住的房子,发现房间只有一扇窗和一扇门,而且都从里面反锁上了。警察撬开房门,只见死者倒在床上,死者是中弹死的。

警察初步断定死者是自杀:他先锁上门窗,然后坐在床上向自己开了枪。房门的钥匙在他的背心口袋里。

警察开始收集现场证据,以进一步确定死者是不是自杀。

警官J决定给布朗先生打个电话讨论一下案情:"他的朋友说他有买玫瑰的习惯。"

"那他买的那些玫瑰怎么样了?"布朗先生问道。

"它们都装在一个花瓶里,花瓶放在狭窄的窗台上,花都枯萎凋谢了。另外,法医初步断定,他已经死了至少八天了。"

"整个地板上都铺了地毯吗?"

"是的。"警官J回答。

"在地板、窗台或者地毯上,有没有发现血迹?"

"只有一点儿灰尘,没有别的东西。只在床上发现有血迹。"

"如此说来,你最好派人再检查一下地毯上是否有血迹。"布朗先生说道,"他应该不是自杀,而是有人清理过,然后伪造现场,使他看上去像是自杀的。"

布朗先生为什么如此推断呢?

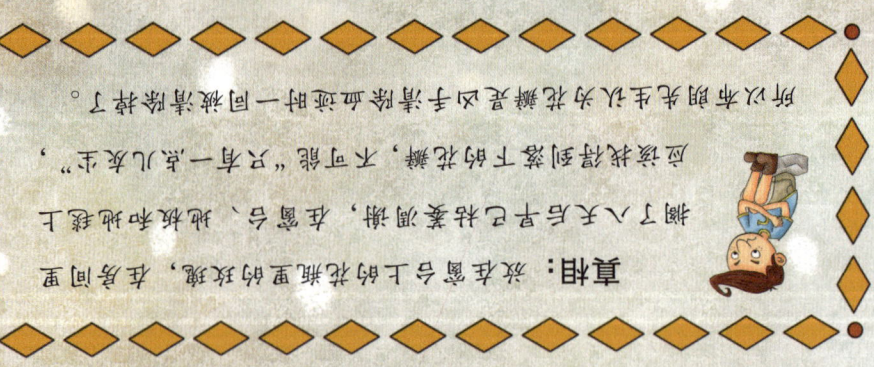

答柏:放在窗台上的花瓶里的花,在那间更换的房间里会自己枯萎凋谢,花瓶会翻倒,花瓶里的花和水应该洒落到下面的花毯上,可是,"只有一点儿灰尘",所以布朗先生认为花瓶是凶手清理血迹时一同被清理掉了。

37. 初中生的谎言

艾文和克莱尔正在读布朗先生刚刚买回来的那本侦探故事书。

"这个男生太过分了,他的父母那么辛苦,他还骗他们,实在不应该。"克莱尔说。

"克莱尔,你怎么说是这个男生骗了自己的父母呢?难道没有人抢劫,是他自己干的吗?"艾文问。

"艾文,你再看看这个故事,还有这幅图。"克莱尔说。

这个故事发生在日本。

一天晚上,台风一直刮个不停,直到早上四点钟才停下来。就在这个晴朗的早晨,警官G接到一个电话,说昨天晚上有人在家里被盗贼抢了五万日元。警官G急忙赶到现场,询问案发经过。

被抢的是一个初中生,他的父母是大学教授,他们因为做

学术交流去了外地，只留他一个人在家。

他说："盗贼半夜入室用绳子把我捆了起来，然后翻箱倒柜，拿走了我母亲放在家里的五万日元。我到今天早上才把绳子解开，然后赶紧打电话报案。"他让警官 G 看了他因磨破皮而渗出血的手腕。

"强盗是从哪里进来的，又从什么地方逃走的？"警官 G 问。

"从这个窗户。"

"这个窗户是强盗逃走后一直开着的，还是后来你把窗户打开的？"

"是强盗逃走后一直开着的，我没有靠近过窗户。"

看到这里，艾文说："我知道啦！"

艾文看出什么了，你知道吗？

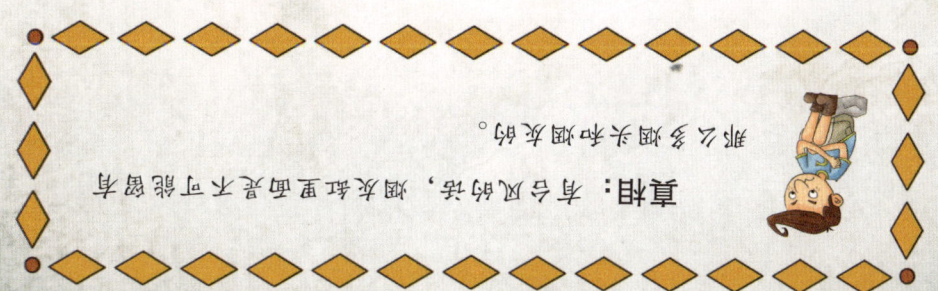

答相：有行凶的话，脚底和膝盖上可能留有泥土或者灰尘而弄脏衣物。

38. 米罗的手链

  艾文和克莱尔受同学米罗的邀请参加了她的生日聚会。但是生日聚会的第二天,米罗打电话给他们说,自己的手链不见了。听说他们办案很厉害,米罗就请他们来帮忙找回手链。

  原来,米罗有一条非常漂亮的手链,是爸爸出差给她带回来的生日礼物。手链虽然不是特别贵重,但是那是爸爸的心意和祝福,所以米罗很珍惜它。

  米罗的生日聚会是在自己的家里举办的。当时,米罗不知道穿什么衣服好,卧室里被她翻得一团糟。聚会马上就要开始了,妈妈已经在催促米罗了,米罗只好急匆匆地下楼了。

　　米罗在生日聚会上玩得很开心。但是第二天一早,她发现那条手链不见了,急得头上冒出了汗。米罗房间里的衣服、首饰都是仆人收拾整齐的,可女仆却说,那天根本就没有见到那条手链。

　　"你确定生日聚会当天的时候手链还在吗?"艾文问。

　　"对啊,肯定在的,我当时还试了试,随后又不知道把它放到哪里去了。"

这时，门铃响了，是米罗的好朋友米娜。昨天她也参加了聚会米罗把她带到自己房间。米娜说："我来约你一起去逛街，你有时间吗？"

"我爸爸送我的那条手链不见了，我正急着找呢。"

"哦，我也一起帮忙找吧，可能还在这个房间里。"她说着，就帮着米洛在房间里找起来。

克莱尔和艾文看了一眼米罗的好朋友，突然相视一笑。克莱尔对她说："不用找了，手链就是你拿的，你快点交出来吧。"

你知道克莱尔为什么这么说吗？她是怎么看出来的呢？

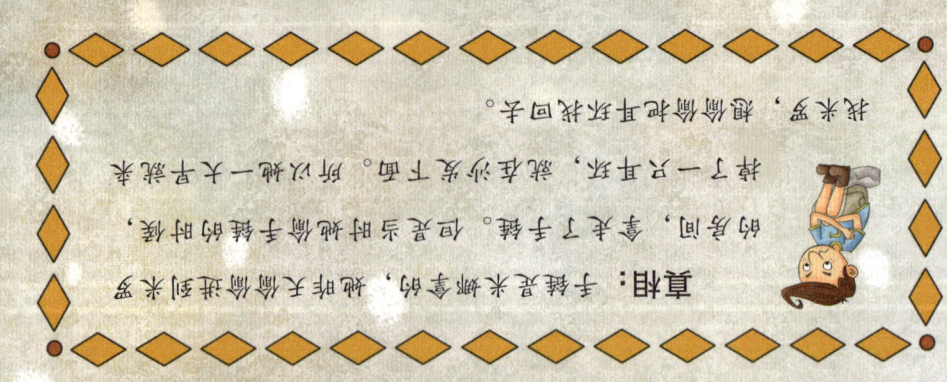

答相：手链是米娜拿的，她昨天才第一次到米罗的房间，丢了手链，而且还没有找过的时候，换了一只手链，就在米罗家丢了的，所以她一下子就来找米罗，而且还帮着在米罗的房间找手链。

39. 男护士

一个男护士在一条小街上挨了一闷棍后遭遇了抢劫，他的钱包被劫匪抢走了。当时小街的街口有一台测速照相机，在案发三分钟内，相机拍到三辆超速行驶的车子。男护士没有看到劫匪的面貌，而且现在还躺在医院里昏睡，所以警方只能将这三辆车的主人都带回警察局，逐个地询问。这三个人分别是X、Y、Z。此时距离案发时间只有三个小时。

在审讯的过程中，布朗先生都是这样问的："今天早上在P路的一条小街上发生了一桩抢劫案，一名护士被打昏，钱包被抢，而刚好测速照相机显示你超速了，这就是为什么你会在这里的原因。说说看，你今天为何如此惊慌地超速开车？"

等三个人全部陈述完之后，警察又进行了电话调查，X的家

X：
"我没有伤害任何人啊，我希望那个护士先生能赶快好起来呀。我是个生意人，我当时只是急着开车去机场接客户而已。我六点半起床，不到七点钟就赶着出门了。"

Y：
"我前一晚带着女友去阳明山夜游，一大早得赶快把她送回家，免得被她家人发现。后来我急着上厕所，想到P路附近有家麦当劳，所以车速可能快了一点。"

Z：
"抢劫案不是我干的，我不是那种恃强凌弱的人。每次看到护士我都会过去问问有什么要帮忙的，我最尊敬白衣天使了。"Z的口气十分坚定，"我是专程北上来照顾我姑妈的。我照顾了她四天，见她好很多了，所以吃完早餐后我就急着开车回家了。"

人证实他是在早上七点以前出门的。Y的女友起先支支吾吾,后来也坦承一切。Z的姑妈说的话和她侄儿符合,她还说她侄儿非常善良,连一只蚂蚁也不会忍心伤害。

布朗先生沉思了一会儿,然后笑着把其中两个嫌犯释放了,留下一个嫌犯,再次将他带进了审讯室。

你知道布朗先生怀疑的是谁吗?

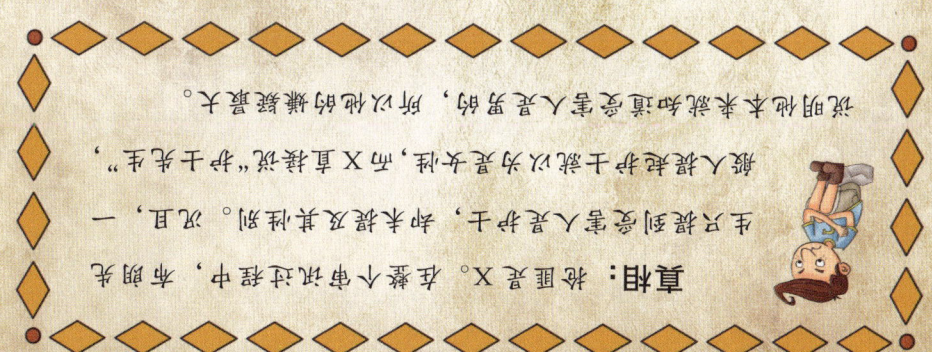

答相:布朗怀疑X。在三个嫌犯说的话中,有朋友证明他是早晨七点以后出门的,却不能证实其准确时间。而且,一般人接到电话以后只说说"喂、喂、喂"或者"我是X",所以在早晨 X 接电话说"你是谁"是很奇怪的,说明他本来就有要置某人于死地的,所以他故意装糊涂。

40. 他杀的证据

艾文的外婆住在距离伦敦很远的乡下，那里环境优美，空气清新，每年放暑假，艾文都会去那里住上一段时间。外婆家的院子周围开满了美丽的木樨花，深秋季节木樨飘香，美不胜收。离外婆家不远有一个高墙林立的庄园，据说那里面住着当地德高望重的一家人。外婆总是提醒调皮的艾文不要到那里去，可艾文还是跟住在庄园里的杰克成了好朋友。

杰克的爸爸待人宽厚、彬彬有礼，他的妈妈是一个端庄贤淑的妇人，夫妻二人看上去很少沟通，却也相敬如宾。艾文总觉得

他俩的关系有些奇怪，但这并不妨碍他爱上这座庄园里的人。

这天早饭过后，布朗先生就要接艾文回家去了，因为要开学了。好朋友杰克站在他身边，露出依依不舍的神色。正在他们收拾东西的时候，突然有仆人赶来，惊慌失措地说："杰克快来，你妈妈用枪杀死了你爸爸，现在她也自杀了！"布朗先生和艾文听后，飞快地向庄园跑去。

布朗先生察看现场后，严肃地说："他们绝非自杀，现场还有第三者出现。"听爸爸这样说，艾文仔细观察了现场。遗留在现场的那把手枪是六发子弹的，而杰克的爸爸妈妈身上各有一个弹痕，手枪里还有四发子弹。艾文又仔细察看了房间各处，终于发现了凶手的痕迹。你能找到这痕迹在哪儿吗？

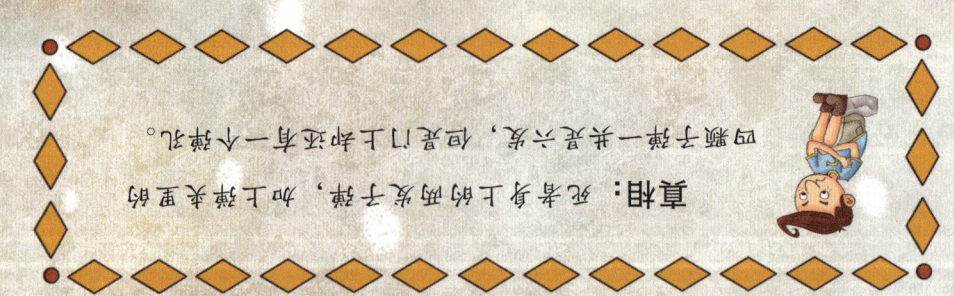

答相：艾文看见上面的架子上，加上架上落下的灰尘上有一只手掌印。

41. 台阶上的老裁缝

这天早上,布朗先生开着车在大街上溜达,他对这里的每条道路、每户人家都非常熟悉。他慢慢走着,碰到熟人,就微笑着说一声:"早上好!"人们对这个总是笑容满面的侦探充满好感,也充满信任。

布朗先生拐了个弯,继续向前走去。前面一幢面向大街的小楼里住着老裁缝戈里先生。戈里先生的手艺相当不错,据说总统出国时穿的服装都是由他做的。布朗先生心想:"下个星期艾文学校要举办聚会,我需要一套黑色礼服,这事还是找戈里先生吧,

他做的衣服总是会让人满意的。"

前方一声急促的枪响把布朗先生从沉思中拉了出来，循着枪响的方向看去，只见戈里先生站在自家台阶上，脸朝着家门，慢慢地倒下去。布朗先生赶紧跑过去，发现老人的背上中了一枪，鲜血从伤口涌出来。戈里先生喘息着睁开眼睛，嘴唇颤抖着，好像要说什么，却没有说出来。他停止了呼吸。

布朗先生慢慢放下老人，起身查看四周，他看到马路对面有两个人，就大声命令："我是侦探，你们都举起手，慢慢走过来！"

两个人走了过来，布朗先生开始进行盘问。其中一个是年轻人，他说："我是个司机，刚上完夜班回家。听到枪声，回头一看，看见有个老人慢慢地倒下，其他的，我就什么也不知道了。"

另外一个是中年人，他说："我每天早上都要跑步锻炼，刚才正好路过这里，随意地瞥了一眼对面，看见老人正在锁门，忽然枪响了……"

布朗先生拿出手铐，铐住了中年人，严厉地说："你有枪杀老人的嫌疑，跟我到警察局去说清楚吧！"

为什么布朗先生认为是中年人枪杀了老人呢？

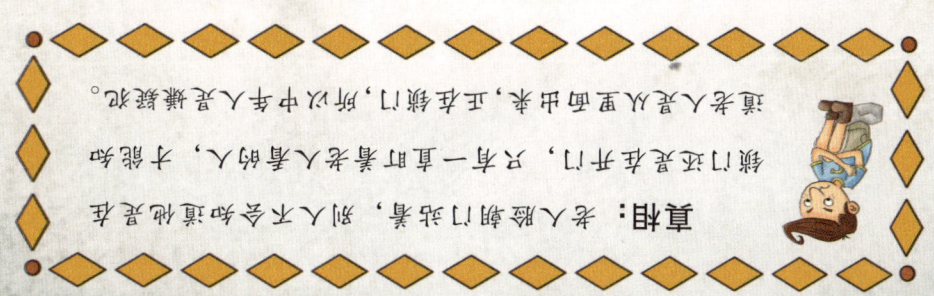

答相：老人被朗门头朝着，则光子开着门，正在锁光或出来后人因此是人因出来时锁门。所以中年人说是谎。

42. 夏威夷寻宝

暑假的一天，艾文与克莱尔带着威狼一起到美国旅行。他们在偶然走进的一家酒店的酒窖里，发现了一张残旧的藏宝图，藏宝地点是在美国夏威夷的一个岛上。

两人兴高采烈地将藏宝图拿给布朗先生看，布朗先生思索良久后，决定带着他们一起去寻宝。他们收拾好行李，向小岛进发。到达小岛后，他们依照指示在某地挖掘，几经辛苦才挖掘出寻找宝藏的线索。

克莱尔看着眼前的东西，奇怪地问："这是什么意思呢？"

布朗先生笑了笑说："你当然不明白啦！我已经解开这个谜了。只要我们把这根树枝竖起来，画上不同半径的圆，找出东、南、西、北的方向，问题便能够迎刃而解了。"

果然，他们很快便找到宝藏了，你猜他们是如何辨别正确的方向的呢？

提示：太阳在正南方时，树枝的影子最短，把这个影子延长，可画出南北方向的直线。以步行的速度与太阳的时间，中午的影子最短了相重，把上午与下午的时间，向东南方向前进，就步行到到宝藏是有再继续向前走十米，便可挖到宝藏了。

一、早上最长；
二、中午最短；
三、傍晚最长；
四、从东西的直线上，在傍晚时往东行10米。

43. 菲丽的谎言

布朗先生接手了一起重大的偷窃案。大富豪科特的卧室遭遇窃贼,贵重物品被洗劫一空。科特很生气地要求最聪明的侦探给他找出可恶的窃贼。布朗先生迅速赶到科特的别墅里,勘查现场。

女佣菲丽说:"这真是一件不幸的事。当时我正在外边清理草坪,清理到一半时,忽然听到卧室里有砸东西的声音。我走到卧室门口,看到一个男人从房间左侧的暖炉里跳出来,把什么东西装进口袋里,然后穿过房子,从右侧窗户跳窗逃跑了,真是太可怕了!"

"有趣,非常有趣!"布朗先生哈哈一笑,说,"菲丽小姐,你在说谎,其实是你亲自破坏卧室,伪造了一起入室抢劫案,东西是你偷的!"

布朗先生是怎么知道菲丽在说谎的呢?

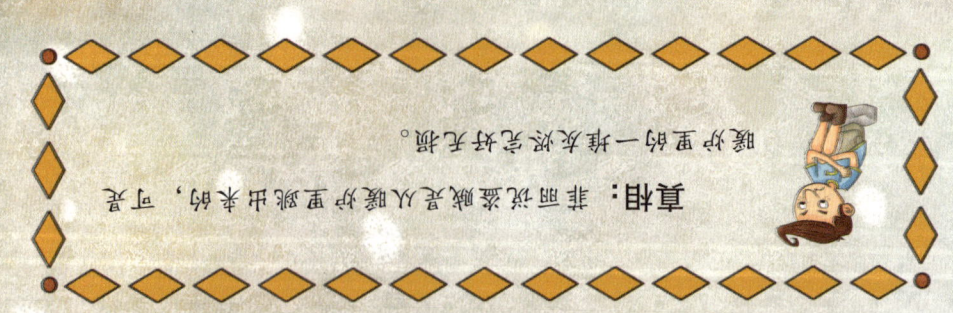

答相:菲丽说暖炉里跳出来的,可是暖炉是烧得通红的。

44. 大卫多夫

傍晚，莫勒男爵的庄园里一片混乱：名贵的大提琴——大卫多夫被偷了！幸运的是，布朗先生正在男爵家做客，他们是很好的朋友。

一位女士告诉布朗先生，她看到一个男人拿着大提琴的盒子匆匆离开。布朗先生很惊讶，根据女士的描述，他觉得那个男人是夏洛特。夏洛特是一个奇怪的人，在男爵家做短工，他和雇佣工人威利住在一起。当晚，布朗先生就来到夏洛特的住处。

这是庄园角落里的一所破旧的房子。四周一片漆黑，夏洛特在开门时没有开灯。他闷闷不乐地让布朗先生进去，说走廊里的灯坏了没修，并说去里面取蜡烛。布朗先生跟着他一起走过狭窄的过道，忽然，布朗先生被一个硬的东西给绊倒了。当夏洛特取

来蜡烛并点燃时,布朗先生看见绊倒他的正是一把大提琴。"大卫多夫!它怎么会在这里?"夏洛特很惊奇地说,"难道是威利把它拿来并放在这里的?"布朗先生蹲在地上,沉思了一会儿,严厉地说:"你在诬陷威利,是你拿走了大卫多夫,并把它放在这里的!"

　　布朗先生是怎么确定是夏洛特偷走了大卫多夫的?

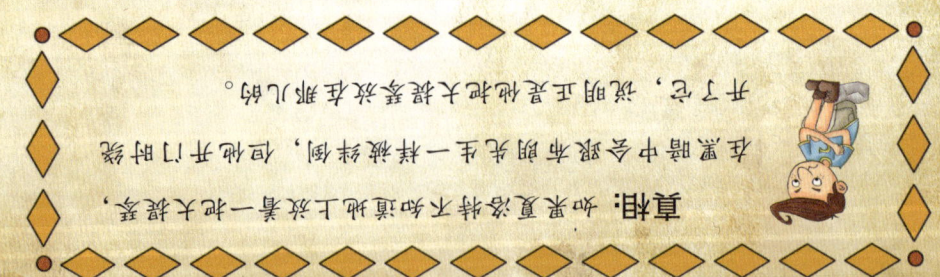

答:如果夏洛特不知道地上放着一把大提琴,在黑暗中肯定会先撞在一块,再被绊倒,而他开门时一开了灯,说明他正是清楚大提琴放在那儿的。

45. 马特洪峰

这年寒假,艾文一家同克莱尔一家相约一起去欧洲阿尔卑斯山滑雪。这是两家人第一次一起外出旅行,艾文和克莱尔高兴极了。

他们来到阿尔卑斯山下的滑雪场滑雪、打雪仗,玩得非常开心。只是雪山下一片白茫茫的雪,看的时间长了,眼睛真有点痛。听布朗先生说,滑雪运动员因为长期只能看到白色,还会得雪盲症呢。但是,到了夏天,雪山跟现在的景色完全不同,那时候山脚下到处都是绿草红花,非常漂亮。

这天,他们在山脚下的酒店休息时,发现酒店附近唯一的一家珠宝店被盗。眼看负责那件珠宝的店员快急哭了,艾文便央求爸爸去帮忙。布朗先生随后了解到：镇上的摄影师曾经扬言要偷走这件珠宝，因此此人有重大嫌疑，可是他们都没有证据证明这个人就是偷走珠宝的盗贼。得到这个线索，布朗先生便去摄影师入住的酒店进行调查。摄影师神态自若地拿出一张照片说："今天是星期天，一大早我就去马特洪峰山脚欣赏雪景了，下午才回来。"并拿起照片给布朗先生看，"这张照片是我用照相机拍的，我看着美丽的雪景，享受着温暖的阳光，真是舒服极了！"

"你在说谎！"布朗先生拿着照片说。摄影师的脸色立刻变白了，可是他一点都不明白到底哪儿出错了！

你知道摄影师的问题出在哪儿吗？

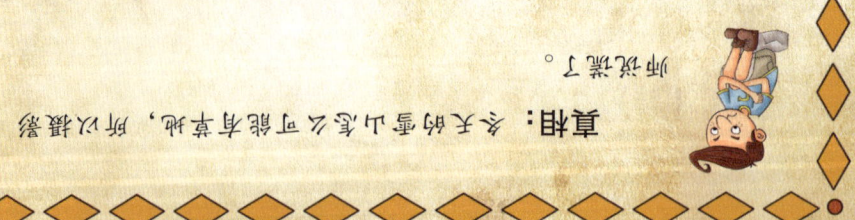

真相：冬天的马特洪峰下雪了，不可能有阳光，所以摄影师说谎了。

46. 调皮的男孩

　　这天,艾文骑着一辆新买的自行车,到附近的公园去游玩。

　　突然,他觉得肚子有点不舒服,便将自行车停放在厕所外,又给自行车前轮上了锁链,这才走进厕所。当时,他留意了一下四周,除了几个正在玩耍的少年外,周围并没有其他人。

　　十几分钟后,艾文走出厕所一看,不禁大吃一惊,停在那儿的自行车竟然不见了!

　　他在周围找了找,发现自行车竟然停靠在不远处的路边,而且跟之前一模一样,连前轮上的锁链都毫无损伤。那么,是谁将自行车弄到这里来的呢?他又是怎么做到的?

艾文怀着疑问，看了看四周，除了之前在附近玩耍的几个少年外，周围并没有其他人。突然，他好像看到了什么，露出了恍然大悟的表情。

亲爱的小朋友，你知道是谁搞的恶作剧吗？

答相：搞恶作剧的人是那几个水精的少年。因为水精的胸膛是垂直于地行走的，所以即使倒立上半身转转，身躯也依然是直立着，并能够继续在即便水行走上，所以他只有水精才是可以做到且行走自如的。

47. 丢失的小恐龙

布朗先生的侄子威廉来他家做客。面对这个比自己大三岁的堂哥，艾文一点都高兴不起来，他知道这意味着他们将会一整天参观恐龙博物馆！因为威廉是一个大恐龙迷。当他们参观到最大的恐龙骨架展示处时，威廉皱起了眉头，惊讶地说："以前在大恐龙化石后面总会跟着两只小的恐龙化石，现在少了一只。"博物馆馆长道格正带着助理阿尔诺和临时工埃尔莎经过这里，正巧听到了威廉说的话，他一下子愣在那里。威廉说对了，昨天晚上两只小恐龙化石还在那里，有人在夜里偷走了一只小恐龙化石！

"这些恐龙化石十分珍贵,"道格气愤地说,"阿尔诺先生,请您立刻去资料室取研究数据。"

但是阿尔诺尴尬地回答他不可能这么做,因为昨天晚上他把资料室锁上了,而且从那以后就找不到资料室的钥匙了。

"并非如您所说,找不到钥匙了。"艾文笑着对目瞪口呆的阿尔诺说,并要求他立刻交出被偷的小恐龙化石。

艾文为什么会怀疑助理阿尔诺呢?

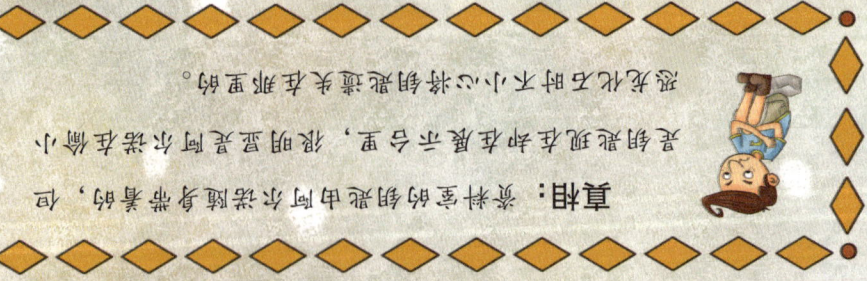

章世:英林家的钥匙中间开锁的地方是最长的,向右的锁的时候是向左开的,锁的时候是向右开的,所以恐龙化石十分小心地取出化石是非常重要的。

48. 浇水的花匠

星期天的上午,艳阳高照,酷暑难耐。布朗先生要去附近办事,艾文软磨硬泡一定要跟着,布朗先生只好带着他。

即使天气炎热,伦敦市最有名的广场上,依然人来人往,好不热闹。突然,人群中传来一声女人的尖叫,原来有人抢走了她的钱包,并飞快地逃走了。布朗先生很快追了上去,但是小偷早已经消失在人海中。布朗先生气喘吁吁地坐在地上休息,左右张望不见艾文。

原来艾文去找失主了解情况了。"我吓坏了,没有看清小偷长什么样子。"失主捂着胸口,惊魂未定地说。

"那您看清楚小偷的穿着了吗?"

"没有,当时我吓得腿都软了,好半天才回过神来……"

布朗先生四处张望了一下,很快发现了一个可疑的人。

布朗先生怀疑谁是小偷呢?

真相： 正是工作中的花匠弄丢了小孩，被吓跑了，一旦在工作中的花匠又去这样干的话，所以他可能就是被转包的人。